神様の次くらいに

久住四季

デートに誘ったはずが「家電量販店に行こう」と言われ、憧れの女性と開店前行列に並ぶことになった大学生の青年。その日遭遇したある謎解きの顚末から、彼は人の優しさについて思いを巡らすことになる。著者の実体験を反映した佳品の表題作ほか、文化祭前日に生徒会副会長が密室の謎に直面する学園もの「ライオンの嘘」、公園からひとつずつ何かが消えていくのはなぜかを名探偵凜堂星史郎が推理する「小さいものから消えよ」など五編を収録する。日々の暮らしのなかにふと入り込んだ謎とその真相を鮮やかに描いた、人の死なない謎解き作品集。著者初の〈日常の謎〉、文庫オリジナル。

神様の次くらいに

人の死なない謎解きミステリ集

久住四季

創元推理文庫

LION'S LIES AND OTHER STORIES

by

Quzumi Shiki

2024

目次

扉カット　モノ・ホーミー

神様の次くらいに

さくらが丘小学校　四年三組の来週の目標

1

「小学校の教室はね、伏魔殿《ふくまでん》なんですよ！」

四年二組の担任である遙原花《はるはらはな》先生は声高《こわだか》にそう叫ぶと、五杯目の生ジョッキをぐいぐいあってカウンターに叩きつけた。隣に座った僕が、「ふ、伏魔殿ですか」と引き気味に訊《き》き返すと、「そうです！　伏魔殿です！」とわめき、勢いよくこちらに顔を近づけてくる。その顔はすでに耳まで真っ赤に染まり、細められた目は完全に据《す》わっていた。

「いいですか、成田《なりた》先生」

「はあ」

「朝、教室に入って教壇に立つじゃないですか」

「立ちますね」

「そうするとね、教室に居並ぶ子供たち三十人が、じいっとこちらを見上げてくるわけですよ」

「ええ」

「もうね、その目つきでわかるんですよ。隠してたってぴんときちゃうわけです。あー、この子たち、心の中では絶対わたしのこと馬鹿にしてるんだろうなー、って。ええ、やつらは舐《な》めてるんですわたしのことを！　根本的に！　遺伝子レベルで！　どうしてかわかりますか⁉」

花先生はこぶしを握り、悔しそうに歯を剝《む》いた。

「それはね、わたしの身長が一四七センチしかないせいなんですよ！」

たしかに花先生は背が低い。おまけに童顔なので、バスや電車にも半額で乗れてしまうらしい。小学校高学年ともなれば、花先生より背の高い子もいる。うっかりその中にまじってしまうと、もう誰が児童で誰が先生なのか、ぱっと見分けがつかなくなる。

「……最近の子は何だってあんなに発育がよくて、おまけに足まで長いんですか。わたしのクラスに藤咲綾乃っているでしょう。まだ四年生ですよ。十歳ですよ。それなのに、すでに身長は一五九センチ。モデル？　モデルですか？　これを不公平と言わずして、何を不公平と言うんですか⁉」

花先生はすでに一時間以上、こんな調子で管《くだ》を巻き続けている。コンプレックスまみれの言いがかりでしかないのだが……いろいろと愚痴を言いたくなる気持ちは、僕にも痛いほどよくわかる。なんとかフォローするべく声を明るくして、

「あ！　けど、ほら！　花先生って、たしか城翠《じょうすい》大卒なんですよね！」

城翠大学は早慶とも並ぶ私学のトップブランドの一つだ。

「すごいじゃないですか！　僕なんか一応国立ですけど、所詮《しょせん》は地方の二流、いえ三流、いえ

いえ四流大卒ですからね！　憧《あこが》れちゃいますよ！」

花先生は真っ赤な顔のまま口をへの字にして、

「……たしかに、わたしは学歴はあります」

うわあ、自分で言ったよこの人。

「でもどうせわたしみたいなのは、どこに行ったたって同じように舐められて周りから馬鹿にされるんです！　挙句、おいおいあれでほんとに城翠大ＯＧかよ使えねえな、やっぱ学歴なんて社会に出ちまえば何の意味もねえってことか、あれならいっそないほうがましじゃね？　変に期待しなくて済むしな、たしかにたしかに、げらげらげら！　とかって僻《ひが》みまじりに陰口叩かれちゃうんですっ！」

「……い、いや、それはさすがに被害妄想では」

「ふんだ！　いいんですよ！　別にわたしだって、小学校の教師なんて仕事に夢や理想を持ってたわけじゃないんですから！　機会さえあればいつだって辞めてやりますよ！」

その仕事に、実はそれなりの夢や理想を抱いていた僕は何も言えなくなってしまった。

「あーあ、もういっそのこと今すぐカリスマ予備校講師に転身しちゃおうかなー！　あ、店員さん、生おかわり！」

空のジョッキを通りかかった店員に突き出す花先生に、僕はため息をついた。

僕――成田慶一《けいいち》は小学校の教師である。去年大学を卒業し、市立さくらが丘小学校に赴任、この春からはクラスを担任することになったばかりの新米教師だ。

「成田先生には四年三組の担任をお願いします。最初は大変だと思いますが、頑張ってください」

四月の僕は、人知れずやる気に燃えていた。なぜなら小学校の先生になり、クラスを担任することは、子供の頃からの夢だったからだ。

今を去ること十二年前、小学生だったころ担任の先生に憧れたのがきっかけで——と語り出すと三日三晩かけても足りないので省くが、とにかく夢だった仕事を前に、僕は静かに昂《たか》ぶっていた。もちろん大変だろうし、つまずくこともあるだろう。しかし、とにかくまずは一年間やり遂げよう。そうすればきっと自信もついてくる。そして、いつかは僕と同じように、自分の受け持つクラスの中から先生を目指す子が出てきてくれたりしたら、それ以上に幸せなことはない……などと心底能天気なことを考えていた。

しかし。

「今日から皆の担任になる成田です。これから一年間よろしく！」

それからあっという間に一ヶ月が過ぎ去り——。

僕は、早くもこの仕事を続けていく自信を失っていた。

とにかく小学校の先生というのは、世間で想像されているよりも遥かに忙しい。全教科の授業の準備やテストの採点はもちろん、職員会議、保護者との面談や家庭訪問、さらには時節ごとに行われる運動会や遠足などの行事、もはやてんやわんやだ。目の前にうずたかく積み上げられた仕事を毎日こなしていくだけで必死である。

さらに。

その上で、教室に居並ぶあの三十人の子供たちと向かい合わなければならないのだ。

「……はあ」

今日の放課後も、クラスで持ち上がったある問題に頭を痛めながら、僕は足取り重く職員室へと戻ってきて、自分の席でぐったりしていた。そこへ、隣の席の花先生が心配そうに声をかけてくれたのだ。

「成田先生、元気ないですね。どうかしたんですか？」

遙原花先生は、年齢も、このさくらが丘小学校への赴任も、僕より三年先輩の教師だ。いや、もちろんきちんと遙原先生と呼ぶべきなのだが、その親しみやすい容姿のせいか――子供っぽいとは言うまい――子供たちやほかの先生からも花先生、花先生と呼ばれており、僭越《せんえつ》ながら僕もそれに倣《なら》っている。

「その、実はクラスでちょっと困ったことがありまして……」

「ははあ」

花先生は納得したように頷《うなず》くと、とんと小さく胸を叩き、

「わかりました。成田先生、よかったら今日飲みに行きませんか？　わたしがとことん話を聞きましょう」

真面目《まじめ》で面倒見がよく、相談があればいつも親身になって聞いてくれる――一番歳が近くて話しやすいこともあり、僕にとって花先生は、今やもっとも頼り甲斐《がい》のある先輩となっていた。

「……いつもすみません、花先生」

「いえいえ、困ったときはお互い様ですよ」

見ているこちらもほっこりするような笑顔に、救われた気持ちになる。

僕たちは仕事を終えてから、花先生がよく行くという駅前ガード下の居酒屋にやってきた。

「ここの生は、泡がきめ細かくてクリーミーなんですよ」

案外渋いなあ、などと呑気《のんき》なことを考えながら、からりと引き戸を開けた花先生に続く。

それにしても二人きりで飲みというのは、今更ながらちょっとデートっぽくないだろうか。

誘ってくれたのは花先生のほうだし……もしかして花先生、僕のことを。いや何を馬鹿な。花先生はただただ後輩を心配して、相談に乗ってくれようとしているのに。いやしかし……。

などと悩みも忘れて舞い上がりながら騒がしい店内のカウンター席に座り、ジョッキで乾杯する。

「では！」

平和な時間はここまでだった。

最初の二口ぐらいまでは平常運転だった花先生だが、三口目辺りからみるみるペースを上げ始め、一時間後にはもはやすっかり出来上がっていた。

運ばれてきた六杯目の生をあおった花先生は、カウンターに肘《ひじ》を突き、新入社員に訓示を垂れる中間管理職といった体《てい》で言う。

「この間もね、ゆき子に言われたんですよ。あ、妹なんですけどね。一つ下の。去年からわたしと同じ教師をやってるんです。向こうは高校ですけどね。で、こっちは姉ですから、一応ちょっとは心配して、仕事はどう？　困ったことない？　みたいに電話で訊いてあげたわけですよ。そしたらあの子、なんて言ったと思います？　こうですよ。え？　何が？　全然楽勝だけど？……あんたに教育の何がわかるんだっていう話ですよ！　しょうもない四流大で四年間遊び呆《ほう》けてたくせに！　そういう自覚のない人間に平然と自覚のないことを言われるとですね、温厚なわたしだって正直かちんとくるわけです！　まぐれで臨採受かったぐらいで調子乗んなですよ！」

ものすごい絡み酒の上、普段からは考えられない毒舌ぶりを発揮され、僕は、「は、はあ」とか、「な、なるほど」と怯《ひる》みまくっていた。花先生はたちまちむっとして、

「ああもう！　ちゃんと聞いてますか、成田先生！」

小さなこぶしを振り上げる。僕は久しぶりに先生に叱《しか》られる生徒の気分で、

「は、はい！　ちゃんと聞いてます！」

「とにかく成田先生はもっと押しの強さが必要なんですよ。びびったら負けです。小学生なんてモンスターも同然ですからね。そうです、やつらはリトルモンスターなんです！」

「それだと、子供たち全員がレディー・ガガのファンみたいになっちゃいますね……」

僕の突っ込みを無視して、花先生は続けた。

「しかもそんなのが三十四もいるんですからね。わたしたちは猛獣と同じ檻《おり》に入れられているも同然です。そうなったらもう、あとはお互い命《タマ》取るか取られるか——それだけですよ！」

実に仁義なき台詞《せりふ》だ。

とはいえ。

以前の僕なら、いやまさか、さすがにそれはないですって――そう笑い飛ばせたかもしれない。しかし今はもう、ただただ沈黙をもって同意に代えるしかなかった。

そう。

子供という生き物は、こちらが想像しているよりずっと難解で複雑だ。その事実を、僕はこの一ヶ月で痛感していた。

目の前の生をあおる。喉《のど》を鳴らし、息をついてから、おもむろに言った。

「――〈人の悪口を言わないようにしよう〉」

花先生は眉《まゆ》を寄せる。

「はい？　何ですって？」

僕はあまり酒に強くない。抑制が外れ、自分の声が大きくなっているのを感じながら繰り返した。

「〈人の悪口を言わないようにしよう〉――今週の学級目標なんです、うちのクラスの。どう思いますか」

花先生は七味マヨネーズをつけたあたりめをくわえ、

「そうですねえ。まあ、すごくつまんないですよね。だって、いかにも学級目標って感じじゃないですか」

もはやアルコールによって己を取《と》り繕《つくろ》う精神が溶けてなくなっている花先生は、実に率直に言った。

しかし、たしかにそうなのだ。

こんな至極《しごく》つまらない、いかにもな学級目標が、まさかあんなややこしい問題の引き金になろうとは、僕だって思ってもみなかったのである。

2

僕が担任するさくらが丘小学校四年三組、その昨日の《帰りの会》でのことだ。

その日の日直だった佐々木陽平《ささきようへい》は、

「じゃあ、今日の〈良かったこと〉はありませんかー」

流れ作業をこなすような無関心さでそう言った。おそらく全国の小学校で見られる、普遍的な光景なのではないだろうか。

一応説明しておくと、放課前の帰りの会で、今日一日クラスであった〈良かったこと〉〈悪かったこと〉を子供たちが挙手して報告するのである。

もちろん報告内容は他愛ないものが多い。というか、それしかない。例えば「木村くんが休み時間にボールの片づけを手伝っていて偉《えら》いと思いました」だとか、「渡部さんが花壇のパンジーに水やりをしていて偉いと思いました」だとかだ。

しかし、それでいいのだと僕は思っている。そういった小さくて、けれども〈良かったこと〉を、きちんと見つけて周知する、そんな態度こそが大切なのだ。実際その日も、「遠藤が体育のとき、校庭に出る前に教室の電灯を消していて偉いと思いました」という本気で他愛のない――どうでもいいとは言うまい！――報告がされた。

ぱらぱらとまばらな拍手が止むのを待ってから、佐々木は続けた。

「じゃあ、今日の〈悪かったこと〉はありませんかー」

「はい」

と、まっすぐに手を上げたのは鷹宮《たかみや》千夏《ちなつ》だった。

教室にほんの一瞬、ん？　という空気が流れる。

というのも、〈悪かったこと〉はそもそも報告がない日が多いからだ。良かったことだけ報告して、悪かったことは報告しないのはいかがなものか。そういうことで会では採用しているが、出ないなら出ないでいいと僕は思っている。

とはいえ、もちろん出るときは出る。そして、この日は出た。

鷹宮千夏は、四年三組の女子の中心的存在である。大きな瞳《ひとみ》は榛色《はしばみいろ》で、やわらかそうな栗色の髪を後ろでゆるいシニョンにまとめている。背が高くて運動神経もよく、所属するバレー部では早くも次代のエースとして期待されているらしい。

「あー、じゃあ、鷹宮さん」

佐々木が指名すると、教室最前列の席に座る鷹宮はもう一度返事をしてから立ち上がり、自信に満ちあふれた表情ではきはきと言った。

「今日、京谷《きょうや》くんが内中原《うちなかばら》くんの悪口を言っていました。いけないことだと思います」

「あ?」

その報告に、それまで最後列の席で隣の三十島健文《みそじまたけふみ》、宇部真人《うべまさと》と笑いながら私語にふけっていた京谷椿《つばき》は、眉をひそめて鷹宮のほうを見やった。

京谷椿は、男子の中心的存在である。顔の造作《ぞうさく》は整っており、つややかな黒髪にはどことなく野性味がある。言葉遣いや振る舞いはややややんちゃな部類だが、成績は優秀だ。運動も得意なのだが、特にどこかのクラブに入ってはいない。何をやらせても人並み以上にこなしてしまう子供が大抵クラスに一人か二人はいるが、京谷はまさしくそれだ。そして、そういった場合の例にもれず、女子の人気も高いようだった。

「何のことだよ」

京谷が面倒臭そうに訊くと、

「とぼけてもだめ。体育のとき言ってたでしょう」

鷹宮は勝ち誇った顔で言った。

「言ってねーよ。証拠あんのか」

「あるわ。村田《むらた》くん」

「んー?」

いきなり名前を呼ばれたのは、窓際の席に座る村田宏也《ひろや》だった。小学生にして、すでに一家を預かっているかのような恰幅《かっぷく》のいい体型をしている。何をするにも人よりテンポの遅いところはあるものの、常に穏やかな雰囲気を醸《かも》し出《だ》しており、水浴びをしているカバのように憎めない子だ。

「なに？」

「村田くんも聞いてたでしょ、京谷くんが内中原くんの悪口言ってるの。隣にいたんだから」

「んー？　んー」

村田は、きっと豪雨の中でも同じようなリアクションを返しただろう。鷹宮に向けていた視線をゆっくり京谷に移すと、顔を上げ、もう一度、「んんー」と唸《うな》った。鷹宮の指摘は間違っていないが、それを口にするのも京谷に悪いし、んんー、どうしよう——そう考えているのが丸わかりだった。

鷹宮は、ほらね、とばかりに京谷を見た。

日直の佐々木はすでに進行役を放棄し、自席で突っ立ったまま、めんどくせーな、どうすんだよこれ、といった目つきをしている。おそらく指摘されたのがほかの男子であれば、佐々木も、

「——じゃあ吉田くんは気をつけてください。他にありませんかー」

と、鷹宮の報告などさっさと流して、会を終わらせていただろう。しかし、京谷はおそらく男子の間でもっとも発言力が強い。本人に弁明の機会も与えずスルーすると、それこそ厄介な

ことになりかねない。かといって、別に京谷のことを擁護《ようご》したいわけでは全然ないし、あーもう面倒だな、何でもいいからさっさと当人同士で決着つけてくれよ——と、その顔には書かれていた。彼は将来きっと出世するタイプだ。

一方、悪口を言われたという内中原航《こう》は、教室中央辺りの席で、どこか大人びた曖昧《あいまい》な笑みを浮かべていた。大きくがっちりとした体格、精悍《せいかん》な顔つきの彼は、地元プロサッカークラブのユースチームに所属している。そのせいか、クラスの男子の中でも異彩を放ち、やや敬して遠ざけられているところのある子だ。

「なんでお前にそんなこと言われなくちゃならねえんだよ。関係ねーだろ」

うざったそうに京谷は言う。しかし鷹宮はこれに言い返すことなく、代わりに、なぜか教壇脇のデスクに座った僕をびしりと指差した。

子供たちの視線がこちらに集まる。

「……え？　え？」

僕が思わず目を丸くしていると、鷹宮は唇《くちびる》を尖らし、しっし、と手を振った。

「先生、邪魔です。どいてください」

「あ、わ、悪い」

僕はがたがたと回転椅子ごとその場をどいた。鷹宮は頷き、僕の背後にあった黒板の左端を改めて指差す。そこには、今週の四年三組の学級目標が書かれていた。

「今週のうちのクラスの目標は、〈人の悪口を言わないようにしよう〉です。目標はみんなで決めたルールのはずです。それを守らなかったのはいけないことです。きちんとみんなに謝罪してしかるべきです」

「謝罪？」

京谷はますます顔をしかめた。

「ねえねえゆっきー」

「ん？」

村田宏也が、前の席の男子におっとりと訊いた。

「シャザイって何？」

「謝罪っていうのは、罪を認めて謝ること。いけないことをしたなあって反省して、相手に許してくださいって頼むことだよ」

そう答えたのは、クラス一の秀才である雪成秀一《ゆきなりしゅういち》だ。やわらかい癖毛でフレームレスの眼鏡をかけており、いつもにこにこと笑顔を絶やさない。有名な進学塾に通っており、模試での成績も良好らしい。

「へえ、やっぱゆっきーは頭いいなあ」

村田が感心したように頷くのをよそに、

「馬鹿じゃねーの」

京谷の目が細まり、臨戦態勢に入ったのがわかった。

「魂胆《こんたん》見え見えなんだよ、鷹宮」

鷹宮はむっとする。

「何よ、魂胆って」

「お前の、いい子ぶって点数稼ごうって考えのことだよ。大体目標がルールってなんだよ。目標は目標、ルールはルールだろ。おまけにクラス全員に対しての謝罪要求とか、ボケてんのか？　人のこと糾弾《きゅうだん》したいなら、まず言葉の意味を履《は》き違《ちが》えないようになってからにしろよ、この自意識過剰女」

キレのある返しに三十島や宇部が笑った。すると、

「さ、最低！」

鷹宮はかっと顔を赤くして言った。

「悪いのは自分のほうじゃない！　それを棚に上げて、人のこと馬鹿にして話をすり替えるなんて卑怯よ！」

京谷の返事と男子たちの嘲笑《ちょうしょう》が、鷹宮を傷つけたのは明らかだった。彼女は泣いてこそいないものの目の縁を赤くし、口元もかすかに戦慄《わなな》かせている。

これには周囲の女子も黙っておらず、すかさず鷹宮に加勢した。「ひどい」「最低」と口々に言い合い、京谷たちを睨《ね》めつける。こういったとき男子は女子ほどの結束力を持ち合わせていない。三十島、宇部は気まずそうに目を逸らして黙り込む。京谷も、さらに突っかかっていくような愚は犯さなかった。小さく舌打ちをすると、

「……はいはい、わかったよ。けど、クラス全員に対して謝罪なんて馬鹿なことはしないから

な」

　つい、と教室中央に向けて首《こうべ》を巡らし、

「悪かったな、内中原」

「ああ、いや、いいよ」

　内中原は軽く手を上げた。

　教室が静まる中、

「……えーと、じゃあほかにありませんかー」

　とりあえず手打ちと判断したか、日直の佐々木が言った。

　もちろんこの空気の中で、これ以上〈悪かったこと〉を報告しようなどという猛者《もさ》はいなかった。

　鷹宮千夏は唇を噛み、音を立てて椅子に座った。

3

　花先生は腕を組んで唸った。僕の悩みに共感してくれているのか、ありがたいなあ、と思っていたのだが、さにあらず。

「小学生でさえそれだけ達者に口が回るのに、国会でまともに答弁できない議員があとを絶たないのはなぜなんでしょうねえ……」

僕はがくりとうなだれる。

「あれ？　でも、結局それで事態は収まったんですか？　だったら何も問題なんてないんじゃ――」

「たしかに昨日はそれで収まったんです。問題は今日なんですよ」

「今日？」

「花先生、トレーディングカードって知ってますか」

「トレーディングカード？　ああ、休み時間に男の子たちが遊んでるやつですね。たしか《ドラソウ》でしたっけ」

「ええ」

ドラグーンソウル――略してドラソウは、小学生のみならず、大人の間でも人気のトレーディングカードゲームである。プレイヤー二人がカードを使って互いのポイントを削り合うというオーソドックスなものだが、独特の世界観や、一発逆転も可能な戦略性の高さが受け、現在全国的に流行《はや》っている。

「そのドラソウがどうかしたんですか？」

「……ええまあ」

僕は二杯目に注文したクラフトビールのグラスをぐいと傾けてから、再び話し始めた。

明けて本日、またも帰りの会でのことだった。

「えっと……それじゃ、今日の〈悪かったこと〉はありませんか……」

今日の日直は蔦谷梨花《つたやりか》だった。授業中、自分から手を上げたりはせず、いつもうつむきがちで、肩まで伸ばした髪に顔を隠すようにしている。教室ではまったく目立たないが、率先してうさぎ小屋のうさぎに餌《えさ》をあげ、面倒を見ている優しい子だ。

その蔦谷梨花が、びくりと身を強張《こわば》らせた。なぜなら、京谷椿が小さく手を上げていたからだ。彼女は戸惑った様子だったが、その間も、京谷は一言も発さずに手を上げ続けていた。

「……えっと、京谷くん」

蔦谷が指名すると、京谷はゆっくり手を下ろし、

「悪いことっていうか、訊きたいことなんだけど」

と、前置きしてから言った。

「俺がロッカーに入れといたトレカ、誰か知らないか。一枚なくなってるんだけど」

「え、まじかよ?」

「てか、それって盗まれたってことか?」

「さあな。けど、捜してみても見つからねーんだ」

彼とはカード仲間でもある三十島健文、宇部真人が反応すると、たちまち教室中にざわめきが広がった。が、

「鷹宮、お前知らないか」

京谷が声を高くして訊くと、すぐに教室は静まった。鷹宮は怯んだ様子で小さく息を呑み、

「し、知らないわよ……」

「ふーん」

京谷は首を斜めに傾ける。鷹宮は目つきを険しくして、食ってかかった。

「なによ。わたしが盗んだっていうの？　どうしてわたしがそんなことするのよ」

「報復じゃねーの。どうせ昨日、俺に恥かかされたとか思ってんだろう」

「ば、馬鹿にしないで！　そんなことするわけないでしょ！」

「どうだかな」

京谷と鷹宮のやりとりをよそに、

「ねえねえゆっきー、ホーフクって何？」

「報復っていうのは報いを返すこと。ひどいことをした相手に、仕返しするってことだよ」

村田が質問し、雪成が答える。

再び教室にざわめきが起き、日直の蔦谷がおろおろした。僕は慌てて声を上げる。

「ち、ちょっと待ってくれ！」

子供たち全員がこちらを向く。内心で落ち着け落ち着けと自分に言い聞かせながら言った。

「き、京谷。トレカっていうのはトレーディングカードのことだよな。ロッカーに入れておいたのがなくなったのか？」

「ああ」

「一枚だけ？」

「そう」

「それは、ひょっとして高価なものなのか？」

「いや、別にそれほどでもないけどさ」

普段僕たちは子供たちに、授業に関係ないものは持ってこないよう指導している。しかし例えばスマートフォンなど、親が持たせたいと希望するものもあるため、最終的な判断は各家庭に任せる、というのが学校としての方針だ。

「気づいたのはいつなんだ？」

「今朝、教室に来たときだよ」

「昨日まではたしかにあったんだな？」

「あったね。放課後、教室から出ていくまでは、たしかに」

まるで、どうせ帰りの会での一件が原因だろ、とでも言わんばかりの言い草に、鷹宮も黙っていなかった。

「勝手なことばっかり言わないでよ！　そっちこそ、何の証拠もないくせに！」

「だってほかにいねーだろ」

激昂《げきこう》する鷹宮に、京谷はどこか皮肉げな顔つきで言い返す。子供たちは口々にしゃべり始め、教室はいよいよ喧騒《けんそう》に満ち始めた。

たしかに鷹宮怪しいよなー、だって昨日の今日なんだぜ。でも証拠はないでしょ、そもそもうちのクラスの人間が犯人かどうかだってわからないんだし。じゃあどっかの無関係なやつが教室に忍び込んで、京谷のカード盗んでいったっていうのか？　現実的じゃねーだろ。そっちこそただの憶測じゃない、いい加減なこと言わないでよ。悪いかよ、言論の自由だろ。はあ？自由と無責任履き違えてんじゃないわよ。んだと、もう一回言ってみろ。ふん、何回だって言ってやるわ。

教室の空気は今や、加熱中のレンジの庫内のごとしだった。このまま放っておくと収拾がつかなくなるのは明白だ。まずい、とは思うが、ではどうするべきか。昨日の一件の直後では、どうしたって京谷と紛糾《ふんきゅう》し、やり込められた恰好の鷹宮が怪しく見えてしまう。単に証拠がないから決めつけるなという注意だけで、子供たちを納得させられるとは思えなかった。

僕は口を開いた。

「わ、わかった」

正直に言おう。特に何もわかっていなかった。ただ、憶測で誰かを犯人呼ばわりするのだけはやめさせようと思ったら、言葉が口を衝《つ》いて出ていた。

「誰が京谷のカードを持ち出したのか、先生が見つけよう！」

は？

教室に居並ぶ三十人が、いっせいに眉を寄せた。何言ってんのこの人、という顔だ。

ややあってから僕も自分が何を言ったのかに気づき、青くなった。が、一度全員の耳に入ってしまった言葉を回収する術《すべ》などあるはずもなく、ただただ教壇で顔を引きつらせることしかできなかった。

「そ、それはまた大きく出ましたね！」

花先生は大笑いした。ひいひいと背中を震わせながらカウンターを叩く。僕はますますうなだれ、頭を抱えた。

「あのときはほかに何も思い浮かばなくて、とにかく事態を収拾しようと必死だったんです。……でも、やっぱり無理ですよね。明日、ちゃんと子供たちの前で謝ることにします」

花先生は首を横に振り、

「それはだめですね」

「だめ？」

「そうです。成田先生はもう、カードを盗んだ犯人を見つけると言っちゃったんです。今更それを撤回したら、教室での信用を完全に失いますよ。そうしたらこの先、舐められ街道まっしぐらです」

「で、でも」

「デモもストライキもありません！　とはいえ成田先生、逆に考えるんです。これはある意味チャンスですよ」

「チャンス？」

「ここで成田先生が見事に犯人を見つけて、その能力を知らしめれば、逆に大きな信用を得ることができます。つまり、これはわたしたち教師とやつらモンスターとの戦いなんですよ！」

「はあ……」

花先生はジョッキの生を飲み干した。勢いに圧《お》される僕に向かって、赤い顔で身を乗り出し、

「協力しますよ。教師の威厳を知らしめるために、この事件の謎を解き明かすんです！　あ、店員さん、わたしのボトル持ってきて！　ロックで、グラスは二つ！」

花先生は手を挙げて注文する。運ばれてきたのは百年の孤独のボトルだった。ロックアイスの入ったグラスに麦焼酎《むぎじようちゆう》をなみなみ注ぐと、みるみるうちに中身を干してしまう。これまでがただの肩慣らしだったかのような恐ろしい飲みっぷりだ。

「さあさあ、成田先生も遠慮なくやってください！　思考がスムーズになりますよ！」

そう言われても、僕の頭はすでにぐらついていた。グラスを手に躊躇《ちゆうちよ》していると、花先生は途端に目を据わらせ、

「何ですか何ですか、わたしのお酒は飲めないってことですか。……ふんだ、いいですよ。どうせ成田先生も心の中ではわたしのことを馬鹿にしてるんですよ。今日だって本当はわたしじゃなくて、瀬崎《せざき》先生に相談したかったに決まってます」

「い、いや、そんなことありませんって！」

瀬崎涼香《りようか》先生は四年一組の担任だ。すっきり細い眉に眼鏡が似合う、知的な大人の女性といった雰囲気で、子供たちからも人気がある。ついでに言えば、教頭の覚えも大変めでたい。

「そ、そりゃ瀬崎先生は先輩ですし尊敬してますけど、僕は花先生のことだって同じぐらい尊

敬してますよ！　い、いや！　むしろ花先生と瀬崎先生じゃ月とスッポン、いえ、アンドロメダとゾウガメぐらいの——」

「見え透いたなぐさめはやめてください！　どうしたってわたしのほうが背が小さいことに変わりはないんです！」

「わかりました！　喜んで飲ませていただきます！」

自虐を続ける花先生に、僕は観念して焼酎をあおった。もちろん立派な社会人の皆さんは決して真似してはいけない。完全にアルハラだ。

蒸留された高濃度のアルコールが喉から胃までを駆け抜ける。脳天を貫くような強烈な酩酊《めいてい》感《かん》に襲われ、思わずむせ返りそうになったが、花先生が「わー！」と歓声を上げて手を叩き、

「成田先生、いい飲みっぷりですね！　わたし、お酒が強い男の人って大好き！」

などと言うものだから、僕も「えっ！」と横を向き、思わず調子に乗ってしまった。

「こ、これぐらい大したことありませんよ！　ええまったく！」

というか、あれ？　今好きって言った？　花先生、今、僕のこと好きって言った？

あー……か、考えてみれば、たしかに花先生の言う通り、これはチャンスかもしれないな！　子供たちの信用を勝ち取ることができれば、今後ますますいいクラス作りができるはずだ！

花先生は空になった僕のグラスに焼酎を注ぎ、訊いてくる。

「そうと決まれば話の続きです。何か事件の謎を解くための手がかりはないんですか？」

「も、もちろんあります。関係ありそうな子供たちからは、一応いろいろと聞いてきましたか

ら」

「グッジョブです。じゃあそれを元に考えていきましょう。でも、あれですね。これはつまり、成田先生の子供たちを観察する力が試されちゃうわけですね」

「それについては任せてください」

自分が教師として半人前であることは自覚している。それでもこの一ヶ月、クラスの子たちのことはしかと見てきたつもりだ。

「オーケーです」

花先生は、まるで極上の酒のつまみでも要求するように言った。

「それじゃ、とくと聞かせてもらいましょう」

4

「あー、京谷。ちょっといいかな」

帰りの会が終わってから、僕はまずカードを盗《と》られたという京谷に声をかけた。

「悪いけど、さっきの件について話を聞かせてくれないか」

帰り支度をしていた京谷は、僕がそう言うと小さく目を見開き、

「え、あの犯人見つけるとかって話、マジだったんだ？」

と言った。その呆れたような口振りに僕はいささか怯んでしまったが、両隣にいた三十島健文と宇部真人のほうはむしろノリノリで、

「やべ、なんかおもしろそうじゃん」

「やろうぜ椿。俺たちも協力するって」

と言った。

「まあいいけど」

京谷は肩をすくめ、立ち去りかけた自分の机に腰かける。

京谷、三十島、宇部の三人を前に、僕は腕を組んだ。……えっと、まず何から訊けばいいのだろう。なにぶん初めてのことなので、まるで段取りがわからない。

「そうだな。とりあえず、もう少し詳しく状況を聞かせてくれないか。繰り返しになるけど、そのカードはたしかに昨日教室を出るときまで、京谷のロッカーに入っていたんだよな」

「ああ、そうだよ」

なあ、と隣の三十島と宇部のほうを見やる。

「だな。俺たち、放課後もドラソウやったし」

「バスの時間があったから一戦しかできなかったけどな」

そういえば、三十島と宇部の二人はバス通学だった。

「で、そのあとこいつに入れて、ロッカーにしまっといたんだ」

京谷がポケットから取り出したのは、専用のカードホルダーらしきものだった。蓋《ふた》のついた

名刺入れのような形状で、カードが折れないようにするためか、頑丈なスチール合金製だ。ロッカーは教室の後ろに並んでいる。こちらもスチール製だ。ただ戸はなく、ものを出し入れするだけの開けっぴろげなスペースになっている。上下二段の構造で、京谷が使っている右から三番目の下段は、ランドセルを取り出した今、他に何もなくがらんとしていた。

「ちなみに、そのなくなったカードっていうのはどんなものなんだ？」

「あー……」

言葉を探すように間を取りながら、僕を見る。こいつに言って通じるのかな、という目つきだ。

「ソウルカードなんだけど。《罪人《つみびと》の報復》っていう」

「報復」

なんとも物騒な名前のカードだ。

「あ、《罪人の報復》だったら俺も持ってるわ」

そう言うと三十島は自分のカードホルダーを取り出し、問題のカードを見せてくれた。

カードは黒を基調としており、傷つき翼破れ、鱗《うろこ》から血を流して咆哮《ほうこう》する竜の姿と《Dragoon's Souls》という白抜きのロゴが、裏返すと、檻の隙間から髑髏《どくろ》の亡者がこちらに手を伸ばしている絵が描かれていた。あまりデフォルメされていない、リアルかつ不気味なタッチで、ちょっとグロテスクですらある。その下の説明欄には、このカードの使い方や効果も書かれていた。

《罪人の報復》ランクC

味方の竜騎兵《ドラグーン》が撃破され、虜囚《りょしゅう》として監獄《プリズン》に送られたとき、同じランク以下の敵の竜騎兵を一騎、一ターンだけ《状態：行動不能》にする。「報復」とは怨《うら》みある相手に仕返しをすること。虜囚となって辱《はずかし》めを受けた竜騎兵の怨みは深く、それゆえ敵を縛《しば》りつけ、身動きを封じる。

カードを眺めながら、僕は、子供たちが難解な日本語を造作《ぞうさ》もなく使いこなす理由の一端を垣間見た気がした。

「ちなみにこのカード、それほど高価なものじゃないってことだけど、具体的にいくらぐらいするんだ？」

僕がそう訊くと、三人は顔を見合わせ、口々に言った。

「五枚入りのカードパックがコンビニで百五十円だから、単純計算で三十円か。けどパック何個買ったって、運が悪けりゃ一枚も入ってないわけだし、貴重って言えば貴重なのかもな」

「いや、ねーだろ。《罪人の報復》ってランクCだぞ。闇属性のソルカパック三つも買えば絶対に一枚は入ってるって」

「絶対ってことはなくね？　まあトレカショップ行けば普通にバラで売ってるけどな。二百円ぐらいで」

　それぞれ意見はばらばらだが、雰囲気からして、その気になれば手に入れるのは難しくはない、といったぐらいのものだろうか。

「けど、SとかSSランクのカード盗られなくてよかったじゃん」

「だよなー。椿、たしかSラン三枚ぐらい持ってなかったっけ。売ったら一枚三千円ぐらいいくんじゃね？」

「ああ、かもな」

　三十島、宇部が言い、京谷はあっさりと応じる。僕は少しぎょっとした。

「ま、待て待て。そんな高価なものを教室に置いて帰ったのか？」

　京谷は肩をすくめ、

「だって、まさかロッカーあさられたりするとは思わねーしさ。それにカードもホルダーに入れて、ロッカーの中のぱっと見じゃわからない位置になるようにしといたし」

　僕は小さく唸った。

「……まあともかく、これからはちゃんと自宅に持って帰るようにしてくれよ」

「そうするよ。《罪人の報復》もないならないで困るしな。結構使えるカードだし」

　京谷は軽く頷き、「で、次は？」と言う。

「そうだな」

　と、言われても何を訊くべきなのだろう。僕は苦し紛れに思いついた言葉を発していた。

「カードはいつも学校に置いて帰るのか?」

「いや、別にいつもってわけじゃないけど。持って帰る日もあれば、持って帰らない日もあるって感じで」

なんでそんなことを訊くんだ、というふうに京谷は眉をひそめたが、すぐに、

「ああ、そっか。俺がカードホルダーをロッカーの中にしまって帰ったのを、ほかに誰が知ってたのかって?」

「え、いや別にそういうつもりじゃ……」

思ってもみなかったことを言われ、僕の歯切れは悪くなる。担任がクラスの子たちを疑っていると思われるのは、正直後ろめたかったからだ。だが、京谷は別段不快さも感じないらしく、平然と言ってのけた。

「えーと、まずは一緒にドラソウやってたこいつら二人と」

うわひでえ、俺たちまで疑うのかよー、と三十島と宇部が言う。京谷はそれを無視し、

「あとは、俺たちが帰るときに教室に残ってたやつらかな。俺たちがカードやってたのは一目瞭然《りょうぜん》だったし、俺がカードホルダーをロッカーにしまうところも見られてたかも。たぶんそれだけだよ。俺は誰かに『ロッカーの中にカードを置いて帰る』なんて話したりしてないしさ」

「そうか」

昨日は帰りの会での紛糾があったので、僕は日直の佐々木から仕事終わりの日誌を受け取ったあと、しばらく机の整理をする振りをしながら教室に留まって様子を見ていた。そしてカー

ドに興じていた京谷、三十島、宇部の三人が連れ立って出ていくとき、たしかに教室には、まだ何人かの子供たちが居残っていた。

そのうちの一人が鷹宮千夏だ。彼女は自分の席で手帳のようなものを確認したり、何か書き込んだりしていたが、京谷たちが帰っていくと、やがて自分も廊下に出ていった。

最後まで教室にいたのが村田宏也と雪成秀一だ。二人はずっと雑談に興じていたが、僕が、そろそろ帰りなさい、と水を向けると、返事をして同じく教室を出ていった。

京谷のロッカーにカードが入っているのを知っていたかもしれないのは、その五人ということになる……。

そういえば、と思う。あの三人はなぜいつまでも放課後の教室に――特に鷹宮は女子一人で――残っていたのだろう。何か理由があったのだろうか。

「京谷は、本当に鷹宮がやったと思ってるのか?」

「さあね」

僕が訊くと、京谷はあっさり言った。

「そりゃさっきはああ言ったけどさ。ぶっちゃけ他に心当たりがないってだけだし」

「そうか」

別に京谷も本気で鷹宮を疑っているわけじゃないとわかり、胸を撫《な》で下《お》ろした。そのついでに、気になっていたことを訊く。

「ところで京谷」

「ん」

「昨日、鷹宮が言っていたことだけど」

——今日、京谷くんが内中原くんの悪口を言っていました。いけないことだと思います。

小言を聞かされると思ったのか、京谷は眉をひそめた。

「もうちゃんと謝っただろ」

「いや、責めているわけじゃないんだ。ただ、どうしてそんなことを言ったのか、知りたいだけなんだ。教えてくれないか」

言葉遣いや振る舞いこそやんちゃだが、僕の知る京谷は決して誰かを馬鹿にするような子じゃないはずだ。何か理由があったんじゃないだろうか。

しかし京谷は、急に白けてしまったかのように目を逸らした。

「……さあ。もう忘れた」

5

僕の話に、花先生は焼酎のグラスを傾けながら言う。

「つまりこういうことですね。昨日の放課後ドラソウで遊んだあと、京谷くんはカードホルダーをロッカーにしまって帰った。そして今日の朝、学校に来てみると、カードが一枚ホルダーからなくなっていた。つまりカードが盗られたのは、昨日の放課後から今日の朝にかけて」

「そ、そうです」

酔いが回ってきて、油断すると傾《かし》いでしまう姿勢をなんとか正しながら、僕は頷く。

「京谷くんがロッカーにカードホルダーをしまったとき、教室には他に五人の子がいた。一緒に遊んでいた三十島くん、宇部くん、教室に残っていた鷹宮さん、村田くん、雪成くん。とりあえずこの五人が怪しいわけですね」

花先生は椅子にもたれて腕を組み、

「でも、厳密にはただ怪しいってだけですよね。実際、放課後や朝早くの校舎なんてほとんど人はいないから、誰にだって盗むのは可能だったでしょう」

「で、でもカードがそこにあるとも知らずに、放課後や朝早くに教室に忍び込んだりするでしょうか」

「それはわかりませんよ。京谷くんのことをおもしろく思っていないよそのクラスの子や、子供たちの持ち物を物色しようと考えて校舎に忍び込んだ変態が、たまたま京谷くんのカードを見つけて持っていったのかも。中途半端な理屈では、到底モンスターどもを屈服させることはできません」

酔っぱらっているとは思えない冷静な意見だった。僕は反駁《はんばく》できずに黙り込む。

「それに、盗んだのがランクCのカード一枚っていうのもよくわからないですよね。何ならカードホルダーごと持って行っちゃってもよかったはずなのに」

「それは……」

言われてみればたしかにそうだ。

わざわざカードホルダーから一枚だけカードを盗っていく心理というのは、一体どんなものなのだろう。

しばらく考え込んでいた花先生は、

「わかりました」

と言って、飲み干したグラスをカウンターに置いた。

「今から学校に行きましょう！」

「はい？」

あまりにも唐突な提案に目を白黒させていると、

「教師の基本は現場百回です。現場である教室に行けば、何か新しい手がかりが見つかったり、斬新な考えが閃《ひらめ》いたりするかもしれません」

「あの、それって教師の基本ですか？」

「さあ行きますよ、成田先生！」

僕の質問を綺麗に無視した花先生は、店員を呼びつけるとさっさと勘定を済まし、なぜか焼酎のボトルを手に立ち上がった。小さな身体に似合わないずんずんとした足取りで店を出ていく。まるで出陣する戦国武将のようだ。僕は慌ててそのあとを追った。

花先生は駅前を抜けると、住宅地の中にある小学校のほうへ歩いていく。どうやら本気で学校に戻るつもりらしい。追いつこうとして、足がもつれた。僕ももはやしたたかに酔っている。

花先生は焼酎のボトルをスポーツドリンクのようにぐびぐびラッパ飲みしながら（！）大声で言った。

「さあ成田先生、続きを話してください！」

「は、花先生、夜ですからもう少し声を抑《おさ》えて……」

僕は必死に花先生を落ち着かせながら、続きを話し始めた。


京谷たちに話を聞いたあと、僕は残りの三人からも話を聞くことにした。

が、

「わたしやってません！」

まさにこれからクラブに行こうとしていた鷹宮千夏を呼び止めたところ、開口一番、彼女は爆発した。僕は、ひっ、と怯む。

「わ、わわわ、わかってる！　わかってるからとりあえず落ち着こう！　な！　はい、大きく吸ってー、吐いてー」

尻尾を逆立てた猫のように息巻きながらも、鷹宮は僕の言う通り大きく息を吸って吐くと、なんとか自分の席に戻ってくれた。僕も胸を撫で下ろし、

「鷹宮は昨日の放課後、しばらく教室に残ってたよな。そのときのことを聞かせてもらいたいんだ。鷹宮は京谷のロッカーにカードがあることを知ってたか？」

「知りませんってば、そんなこと！」

　ばん、と机を叩く。思わず仰《の》け反《ぞ》る僕に、鷹宮はまくし立てた。

「っていうか、わたし、何も間違ったことしてないですよね？　それなのに拘束して取り調べですか？　こういう強引な捜査手法が冤罪《えんざい》を作り出すんじゃないですか⁉」

「い、いや拘束なんてしてないし、取り調べなんて大袈裟《おおげさ》なものでもなくて！　ただちょっと話を聞かせてもらいたいだけであって。そう、面談みたいな！」

「みたいなっ⁉」

「いえ、面談でお願いします！」

　机に手をついて身を乗り出していた鷹宮は、ふん、とそっぽを向き、椅子に座り直した。かなりヒステリックな態度に思えるが、今のところ、客観的にわかりやすい動機があるのは彼女だけだ。鷹宮もそれがわかっていて、だから苛立《いらだ》っているのだろう。犯人は鷹宮じゃない、とこの場で断言してやれないのがもどかしかった。

　そんな罪悪感もあって、僕は訊いた。

「……鷹宮は誰がやったんだと思う？」

　まさかそんなことを訊かれるとは思わなかったらしく、鷹宮は少し驚いた顔をする。すぐに、わかりませんよそんなの、と口をへの字にしたものの、これまでの勢いはトーンダウンした。

「でも、どうせ男の子なんじゃないですか？　わたし、カードのことなんて何も知らないですから。ろくに知らないものを盗ろうなんて思いません」

なるほど、と思う。一理あるかもしれない。

「そういえば他にも訊きたいことがあるんだ」

「なんですか」

「昨日言ってただろう。京谷が内中原の悪口を言っていたって。それってどういう状況だったのか、もう少し詳しく聞かせてくれないか」

鷹宮は小さく唇を尖らすようにして言った。

「昨日の体育は、男子も女子もサッカーでしたよね」

「そうだな」

「そのとき京谷くんが、内中原くんの悪口を言ってるのが聞こえたんです」

「どんな？」

「内中原くんはサッカーすごくうまいじゃないですか。京谷くんと村田くんがそれを遠くから眺めてたんですけど、あいつむかつくよなーって、京谷くんが村田くんに。村田くんは、んー？　んー、って肯定も否定もせずにいつもの通りでしたけどね」

「そうなのか」

「そうです。要するに、京谷くんは内中原くんに嫉妬《しっと》してるんですよ」

鷹宮はそう言い捨てたが、僕はどうにも割り切れないものを感じていた。あの京谷が嫉妬？　いや、もちろんあり得ないとは言えないのだが……。

そのとき、

「先生」

呼ばれて振り向くと、今日の日直である蔦谷梨花が日誌を持って立っていた。日直の仕事がすべて終わったのだろう。

「ああ、ありがとう。ご苦労様」

日誌を受け取りながら、ふと思う。

「そういえば今朝、クラスで一番最初に学校に来たのはたぶん蔦谷だよな？」

蔦谷は小さく顔を上げ、頷いた。さくらが丘小学校には校庭の隅にうさぎ小屋があり、四年生がその世話をすることになっている。三つあるクラスの日直全員が、朝、うさぎ小屋を掃除し、餌をやるのだ。

「何時頃、登校したんだ？」

「七時です」

事もなげに言われ、僕は驚いた。

「ず、ずいぶん早いな」

蔦谷が頷く。きっとうさぎ当番を楽しみにしていたのだろう。昼休みの間、ずっとうさぎを眺めているほどうさぎ好きなのだ、この子は。

「七時ってことは……係の先生が校舎を開けるのと同じぐらい？」

「そうです」

「そのとき何か変わったことはなかったか？」

「……変わったこと？」

「ああ、気づいたことなら何でもいいんだ」

少しだけ考え込んだ蔦谷は、顔を上げると、こくりと頷いた。

「え、あるのか。なんだ？」

思わず勢い込んで訊くと、

「今朝のうさぎたち、少し気が立ってるみたいでした。たぶん昨日の日直の佐々木くんたちがちゃんとお世話しなかったんです。先生、注意してください」

僕は脱力してしまった。

「……そっか。蔦谷は本当にうさぎが好きなんだな」

「はい。わたし、うさぎ以外はどうでもいいんです」

「そ、そうなんだ」

どうでもいいんだ。

「あ、それと」

「ん？」

「今朝、教室に来たら、ベランダへのガラス戸の鍵が開いてました。きっと昨日、佐々木くんが戸締まりをチェックしなかったんです。注意してください」

「わ、わかった。ありがとう」

僕がそう言うと、蔦谷は一礼して教室を出ていった。

鷹宮が倦《う》んだように言った。

「先生。わたしもうクラブに行っていいですか」

ああ、と頷いた僕は、

「あ、いや、ちょっと待った。最後にもう一つだけ」

立ち去りかける鷹宮に訊いた。

「鷹宮は昨日もクラブがあったはずだよな。なのに、どうして放課後、一人で教室に残ってたんだ？」

「それは……」

言い淀んだ鷹宮は、すぐに口元を引き結ぶと、

「別に。なんとなくですよ」

それだけ言って踵《きびす》を返し、走って教室を出ていった。

6

学校へと向かうバス通りには歩道がない。時折すぐ脇を車が走り抜けていく中、僕たちは狭い白線の外側を一列になって歩いた。花先生が前、僕が後ろだ。街灯が等間隔で設置され、月明かりも皓々《こうこう》としているので、夜道ながら暗くて困ることはなかった。

「ふーん、なるほど。犯人はドラソウのことを知っていた人間、ですか。まあ、一理あるのかもしれませんけど。でもだからといって、それで誰が犯人がわかるわけじゃありませんからね」

「え？　でも、例えば鷹宮はドラソウに詳しくないみたいですし、他の女子だって——」

「その考えは早計というものですよ」

指を振り、

「鷹宮さんが実はドラソウに詳しい、という可能性は排除できません。それは誰にだって言えることです」

「な、なるほど。ところで花先生、それ僕じゃなくて校門です」

僕たちは夜のさくらが丘小学校に到着した。

もちろん黒い門扉《もんぴ》はすでに閉じられていたが、その気になればこれぐらい、あってないようなものだ。事実、花先生は鉄柵《てっさく》の上に手をかけると、よっこらせとばかりに乗り越え、あっさり学校の敷地内への侵入を果たしてしまった。

「あの、本当に行くんですか？」

「当然です。ここまで来て何を怖気《おじけ》づいてるんですか」

誰かに目撃されるんじゃないかと僕が戦々恐々としている間にも、花先生は校舎に向かって歩いていく。

「あ、ま、待ってください！」

花先生を放っておけず、結局僕も門扉を乗り越えた。着地時に少し転びかける。

花先生は校庭の隅のうさぎ小屋前を通過し、校舎を回り込んだ。僕もそれに続く。うさぎが基本的に鳴かない動物で本当に助かった。

「ところで今更ですけど、どうやって校舎の中に入るんです？　そもそも防犯センサーがオンになってるんだから、警備会社に通報がいっちゃうんじゃ」

「甘いですね。わたしがそんなことも承知してないと思ってるんですか」

花先生はにやりとすると、校舎脇にある非常階段をひょいひょい駆け上がっていく。こうなったらもう毒食らわば皿までだ。僕もそのあとを追う。

非常階段は各階のベランダに繋《つな》がっており、そこから各教室に入ることができる。とはいえ、それはもちろんガラス戸の鍵が閉まっていなければだ。当然今はどの窓や戸にもクレセント錠がかけられているので、開けることはできない。

しかし、

「さてと」

花先生はガラス戸のそばに寄ってしゃがみ込むと、握りこぶしで戸のフレームをどんどんと叩き始めた。ちょうど内側にクレセント錠が取り付けられている辺りだ。結構大きな音がするので、僕も慌ててその場にしゃがみ込み、小声で問いただした。

「な、何してるんですか！　もし近所の誰かに聞こえたら――」

「まあ見ていてくださいって」

花先生はフレームを細かく叩き続ける。すると、

「……え？」

僕は思わず間の抜けた声を上げた。なぜならフレームの振動に合わせて、内側のクレセント錠のレバーが少しずつ下がっていったからだ。

「さくらが丘小学校も、建てられてから結構経ってますしね。もうところどころ鍵が甘くなってるんですよ。だから、こうやって振動を与えてやると――」

いくらも経たないうちにレバーは下まで落ち切り、クレセント錠は開放されてしまった。真っ赤な顔のまま、花先生は酒瓶を持った手を腰に当て、胸を張る。

「ざっとこんなもんです」

「で、でも防犯センサーがあるから、どっちにしろ中には入れないんじゃ」

「いえ、センサーは廊下だけです。ベランダから各教室に入るだけならばれないんですよ」

「そうなんですか？」

赴任してまだ一年と少しの僕には知り得ない学校裏話だ。

「けど、こんなことよくご存知でしたね」

「結構有名ですよ。わたしも子供たちに教えてもらいましたから」

「子供たちに⁉」

「そうです。みんな知ってるみたいですね。やっぱり小学生はモンスターですよ」

ガラス戸を開けながら、

「それで、話はどうなったんですか？」

「え、ああはい、ええっと……」

僕は話を再開した。

鷹宮を見送ったあと、僕は昨日教室に最後まで居残っていた二人、村田宏也と雪成秀一から話を聞いた。二人は、ちょうど今日も教室に残って話をしていた。

「二人はいつも放課後、教室に?」

「いえ、いつもじゃありません」

雪成秀一がかぶりを振る。

「僕たちの通っている塾の開講時間がもう少しあとなんです。だから塾のある日は、三十分ぐらい村田くんと話をしてから下校するんです」

「ああ、なるほど。そういうことか」

頷きながらも、僕は少し意外に思った。村田も雪成と同じ塾に通っていたとは知らなかった。

「ゆっきーは物知りなんだ」

村田は相変わらず邪気のない様子で言う。

「だから話してると楽しいんだよ」

子供らしからぬエピソードばかり立て続けに聞かされたせいか、二人のやりとりに僕はほっこりさせられてしまった。

「はは、そうか。ちなみにどんな話をするんだ?」

「そうですね。他愛もない話ばかりです。たまにドラソウの話もしたりしますよ。僕はカードを持っていませんけどね」

「雪成は、ドラソウはやらないのか？」

「ええまあ」

にこにこしながら答える雪成を見ていて、しかし僕はふと思い出した。そういえばいつかの休み時間、ドラソウで遊ぶ男子たちを、雪成が席に着いたままじっと眺めていた気がする。そのとき、僕には少し彼がうらやましそうな目をしているように見えた。本当は自分もやってみたいのではないだろうか。

「村田はドラソウは？」

「んー？　んー、俺もしないよ」

「そうか。やってみたいとは思わないのか？」

「あんまり思わないかなー」

村田はあっさりと言った。僕が拍子抜けしていると、村田は少し考え、

「例えばさ、クラスの男子でサッカーやるとするじゃん」

「ん？　ああ」

「そういうときも、俺は自分でやるより見てるほうが好きなんだよね。それで、あーだこーだ言ってるのがいいっていうか。ドラソウもそんな感じ」

「ふむ。観戦してるほうが性《しょう》に合ってるってことかな」

「まあね。有体《ありてい》に言えば、無責任な外野でいたいってことかもしんないけどさー」

村田の口から、有体、無責任、という言葉が飛び出してきて少し驚いた。なんとなく使っているのではなく、きちんと意味も把握しているようだ。僕が率直にそう伝えると、

「前に、ゆっきーに意味教えてもらったからねー。一度教えてもらえば、そりゃわかるよ」

村田は特に成績がいい子というわけではない。むしろクラスの平均をやや下回るぐらいである。しかし、学校での成績に表れない頭の良さというのもたしかにあるのだ。それを目の当りにした気がして、僕は何やら感動してしまった。

「そ、そうか。それなら塾のない日は、帰りが遅くならないようにな」

「大丈夫だよ。俺の家も、ゆっきーの家もすぐ近くだから」

「ああ」

そういえばそうだった。たしか二人とも、自宅は学校を出てほんの二、三分のところだったはずだ。村田と雪成は小さな頃からご近所の幼馴染《おさななじみ》なのか。

「ところで村田」

「なに?」

「その、京谷が内中原の悪口を言っていたというのは、やっぱり本当なんだよな」

「んー?　んー、まあ」

相変わらず歯切れの悪い回答だった。

「もう少し詳しく聞かせてくれないか」

「んー、詳しくっていっても、別にそんな大袈裟なことじゃないと思うよ」

村田はしばらく考え込むように俯《うつむ》いていたが、やがて顔を上げると、

「昨日の体育のときにさ、サッカーで五対五のミニゲームやってたじゃない。で、うっちーはすごくサッカーうまいから、俺は、うっちーはサッカーうまくていいよねー、って言ったんだ。そしたら一緒に見てたつばっきーが、けど内中原ってそれしか能ねーだろ、なのに調子に乗っててむかつくよな、って。それだけ」

それを聞いて、僕は何かがすとんと胸に落ちた気がした。なぜなら村田の言葉は、どことなく京谷をかばうような響きを帯びているように思えたからだ。

ふと見ると、雪成秀一は相変わらずにこにこしていた。まるで事態のすべてを把握しているかのような、そんな笑みだった。

7

当たり前だが、夜の教室は暗かった。目が慣れていないせいで、ほとんど何も見えない。かといって、まさか電灯のスイッチを入れるわけにもいかないので、僕はスマートフォンを取り出すと、フラッシュライトを点灯させて懐中電灯の代わりにした。冷たく静まり返った校舎は、この歳になってもやはり不気味に感じられる。

「そ、それで、これからどうするんです？」

「それはもちろん手がかりを探すんですよ、手がかりを……」

しかしそんな台詞とは裏腹に、花先生は手近な椅子に座り込むと、万歳するような恰好で机に突っ伏した。

「は、花先生！　どうしたんですか⁉　まさか具合が――」

「いえ、なんだかちょっと眠くてですね……」

僕は思わずうめいてしまった。机の上に載せられた焼酎のボトルがいつの間にか空になっている。居酒屋を出たときにはまだたっぷり中身が入っていたはずだ。どうやらここまで来る間に、すべて飲み尽くしてしまったらしい。

「うー、五分だけ寝かせてください。五分だけえ……」

「いやいやいや、駄目ですって、こんなところで寝ちゃ！　花先生！　ちょっと！」

慌てて呼びかけながら両手で肩を揺するが、無駄だった。花先生はそのままぐでんと脱力し、反応しなくなる。やがて小さな寝息が聞こえてきた。

……う、嘘だろ。これからどうすりゃいいんだ。

僕はうなだれ、思わず手近な机に腰を下ろした。調子に乗って飲みすぎたツケが今更ながらやってきて、比喩《ひゆ》でなく頭が痛くなってくる。姿勢を維持するのが辛《つら》く、膝《ひざ》に肘を突いて前のめりになった。

スマートフォンの明かりを頼りに教室内を見回してみる。といっても、放課後に見た光景と何も変わりはない。花先生が示唆《しさ》したように、新たな手がかりを見つけたり、斬新な考えが閃いたりするようなことはなさそうだった。

それどころか、教室に並ぶ子供たち三十人の席を前に、僕は改めて胸の内がもやもやするのを感じていた。自分が何をどうしたいのか、よくわからなくなってきたからだ。

たしかに花先生の言う通り、京谷のカードを盗った犯人を見つけることができれば、子供たちの信用を勝ち取ることができるのかもしれない。しかし、そのためには皆の前で、犯人を公表しなくてはならないだろう。では、もし犯人がうちのクラスの子だったらどうする？　僕は本当にそんなことができるのか？　そんなことを望んでいるのか？

いや、たとえ犯人が誰であったとしてもだ。

教師たる僕は、そこから先をこそ考えるべきなんじゃないのか。

ややあってから立ち上がる。

酒臭い肺の中の空気を入れ替えるように深呼吸をすると、自然と心は決まっていた。

やはり明日、この教室で子供たちに謝ろう。そして、この先のことを皆で話し合おう。

「花先生、起きてください。帰りましょう。花先生」

僕が何度か声をかけると、やがて花先生はのっそり身を起こした。目を擦《こす》り、

「んん、もう閉店ですかあ？」

僕は噴《ふ》き出《だ》し、

「ええ、そうです。だからほら、立ってください」

花先生は胡乱《うろん》な返事をして立ち上がろうとする。

それを待つ間、僕はふと教室の後ろのほうへ目を向けた。子供たちが使うロッカー——そのうち右から三番目の下段に、ふと視線が吸い寄せられる。

いや、正確にはその脇にくっついているものに、だ。

それは黒くて薄い、五百円玉サイズのマグネットだった。


僕は放心状態になった。

これまで見聞きしたことが次々に脳裏を駆け巡っていく。それらの断片が、まるで天啓に導かれるように、ぴたぴたとフレームに嵌《は》まっていった。

次の瞬間、

「は、花先生っ！」

「あ、お勘定ですか。ちょっと待ってくださいよ。いくらですかね。今大きいのしかなくて……」

「違いますよ！　しっかりしてください！」

僕は小さく息を吸ってから言った。

「誰が京谷のカードを持ち去ったのか、わかったんです」

8

翌日の帰りの会にて。

「皆、ちょっといいかな。聞いてもらいたいことがあるんだ」

〈良かったこと〉と〈悪かったこと〉の報告が終わったあと、子供たちの前に立ち、僕はそう言った。

いつもと違う流れに、私語やよそ見をしていた子供たちも皆、何事だろうか、という顔でこちらを向く。

「話したいのは昨日のことなんだ。先生は、京谷のカードを持ち出したのが誰か見つけるなんて言ってしまったけど――残念ながらそれは叶わなかった。すまない」

僕は一息に言って頭を下げた。子供たちは虚を突かれたように沈黙し、ついで小さなざわめきが起こる。

「京谷も、すまない」

京谷は戸惑った素振《そぶ》りを見せ、

「いや……もういいって。別に大したもんじゃないし」

「よくはないさ」

僕はかぶりを振った。

「たとえ大したものじゃなくたって、なくなったことには変わりないんだ。それに先生が考えたいのは、何がなくなったのかじゃなく、なくなったことそのものについてなんだ。……そうだな。例えばだけど、男子でも女子でもいい、仲のいい三人組がいたとするだろ？」

教壇から、子供たち全員をひとりひとり見つめながら言う。

「たまたまそのうち二人は同じところにいて、一人は違うところにいた。二人は別に、一人のことが嫌いってわけじゃない。でも、もっと仲良くなるために、ついもう一人のことを悪く言ってだしにしてしまう。そういうことってあるんじゃないか？　佐々木」

いきなり訊かれた佐々木陽平は驚きながらも、

「まあ……たしかに、なくはないかも？」

と頷いた。しかし、その佐々木も含めた大半の子供たちは、

——だから？

——これって一体何の話？

という顔をしている。もしかするとあとで、「結局さ、成田先生、何が言いたかったの？」「訳わかんねえよな」などと言われてしまうかもしれない。そう考えると少し落ち込みそうになるが……とりあえずそれはあとだ。今、僕は子供たちに、伝えるべきことを伝えなくてはならないのだ。

教室の最前列を見る。鷹宮千夏は、こちらを見返しながら目をしばたたかせていた。

昨日、僕は花先生を持ち上げるために、つい四年一組の担任である瀬崎涼香先生のことを悪く言ってしまった。しかし、別に僕は瀬崎先生のことが嫌いなわけではない。むしろ心から尊敬している。

京谷が内中原のことを悪く言ったのも、それと同じことだったのではないだろうか。サッカーがうまくていいな、と村田は言った。京谷も、別に内中原が嫌いだったのではない。しかし、つい村田をフォローするために、内中原を貶《おとし》めるようなことを言ってしまったのではないか。そして、鷹宮はその部分だけを聞き取ってしまった。だとすれば、それはほんの少し巡り合わせが悪かっただけ、と言えないか。

「よかれと思ってしたことが、違う形に受け取られてしまったってこともあると思う。とはいえ、もちろん悪口はよくない。だから先生は、今週の目標をこんなふうに直したいと思うんだ」

僕は黒板の左端に書かれた『今週の目標』を黒板消しで消すと、子供たち全員が見つめる中、チョークで新しく書き直した。

『人の悪口を言わない強さを持とう』

手を払いながら言う。

「京谷のカードの件も同じことだと思う。人のものが欲しくなって思わず手を出してしまいたくなる気持ち。そういう心の弱さは誰にだってある」

少しだけ、言いすぎたか、と思う。今ので、実はこのクラスにカードを盗った人間がいると——それが誰なのかを僕が知っていると、察しのいい子には伝わってしまったかもしれない。

「けど皆なら、そんな弱さもこの目標と同じようにきっと克服できる。先生はそう信じてるよ」

僕はそう言って、もう一度教室の全員を見渡す。ふと、そのうちの一人の顔が、視界の端に入った。

雪成秀一である。彼の顔からはいつもの笑みが失われている。しかし、僕はそれを指摘したりはしない。

そう。

京谷のカードを盗ったのは、雪成秀一だ。


「……雪成くんが犯人、ですか？」

犯人、という単語に抵抗はあったものの、

「そうです」

昨夜再び校舎を抜け出てから駅まで向かう道すがら、僕は花先生にそう言った。花先生は、

「んー？」と眉をひそめ、

「どうしてそう言えるんですか？　そもそも先生のクラスの子じゃなくて、別のクラスの子かもしれないし、もしかしたら何の関係もない人間が教室に忍び込んで盗っていったのかもしれないですよね」

「いえ」

俺はかぶりを振った。

「それはないと思います」

「なんでです？」

「京谷がこんなふうに言っていたからです」

――だって、まさかロッカーあさられたりするとは思わねーしさ。

――ぱっと見じゃわからない位置になるようにしといたし。

　僕の説明に、花先生は首をかしげた。

「それが何だって言うんです？」

「話を聞いたときは気に留めなかったんですけど、うちの教室のロッカーには扉がありませんよね。そして教室で見てもらった通り、右から三番目下段の京谷のロッカーには何も荷物が入っていませんでした。あれじゃ〝ぱっと見じゃわからない位置〟なんて、そもそもロッカー内のどこにもないはずです」

「あれ、そう言われればたしかに」

けど、と僕は続ける。

「ロッカーの脇にくっついていた五百円玉サイズのマグネットを見て、どういうことかわかったんです。たぶん京谷は、スチール合金製のカードホルダーを、マグネットでロッカーの天板にくっつけていたんですよ」

「あ！」

　コインロッカーなどで、荷物が盗まれないようにするためによく使われる手だ。

京谷のロッカーは下段である。天板にくっついたものは間違いなく死角に入るため、ぱっとは視認できない。それ以外、あのロッカーの中に〝ぱっと見じゃわからない位置〟なんてないはずだ。いくらあさられると思わなかったとはいえ、それなりに高価なカードもある以上、ちょっとした工夫をしておいたのだろう。

「そんな工夫がされていた以上、別のクラスの子や何の関係もない外部の人間が、ロッカーからカードは見つけられなかったと思います。もし見つけられるとすれば、それは京谷がカードホルダーをロッカーにしまうところをしかと目撃して、カードはロッカーの中にあると確信し、しつこく捜すことのできた人間だけです。つまり――」

「放課後に教室に残っていた五人の中の誰かしかない！」

快哉《かいさい》を叫ぶように僕の言葉のあとを継いだ花先生は、

「いいですね！　理路整然としていて、すごく先生っぽいですよ！　感動しました！」

「ほ、本当ですか！」

「もちろんです！　それじゃお祝いに飲み直しましょう！」

「はい喜んで！　っていやいやいや、なんでそうなる！」

ともかくだ。

三十島健文。

宇部真人。

鷹宮千夏。

村田宏也。

雪成秀一。

犯人は、この五人に絞られたことになる。

「でもその中から、どうして雪成くんが犯人だって？」

「それを教えてくれたのは、今日うちの日直だった蔦谷と、ほかならぬ花先生です」

「へ？　蔦谷さんと……わたしですか？」

花先生は目を丸くした。

「そうです。まず今日、鷹宮から話を聞いていたとき、蔦谷がこう言っていたんです」

――今朝、教室に来たら、ベランダのガラス戸の鍵が開いてました。

――きっと昨日、佐々木くんが戸締まりをチェックしなかったんです。

「蔦谷は今朝、うさぎ当番で教室に一番乗りしてるんです。それも係の先生が校舎の鍵を開けると同時に。つまり、そのときにはガラス戸の鍵はもう開いていたということになります。けど僕は昨日の放課後、佐々木から、たしかに日直の仕事が終わったという日誌を受け取っているんです。つまり、戸締まりはきっちりチェックされたはずなんですよ」

「ああ」

花先生も、すぐに僕と同じ結論へ至った。

「つまり、カードを盗った犯人が開けたんですね？」

「そうとしか考えられません。犯人は僕たちと同じようにして、夜の校舎に侵入したんです。

教室のガラス戸の鍵が開けられることは子供たちも知っているんですよね?」

「ええ、子供たちに教えてもらいましたから」

「小学生の背丈でも門扉は乗り越えられるってことも、花先生が身をもって証明してくれましたしね!」

「たしかに!……ん?」

うわ、口がすべった。

「と、ともかく! これで犯人を特定する条件は整いました」

再度眉をひそめた花先生は、少し考えてから指を鳴らした。

「なるほど。まず除外できるのは、三十島くんと宇部くんですね」

「ええ、二人はバス通学です。そもそも夜に学校まで戻ってくること自体が難しい。除外していいと思います」

「でも残りの三人は? どうやって絞るんです?」

「次は鷹宮です。彼女も犯人じゃないでしょう」

「どうしてですか?」

「鷹宮は昨日も、放課後はバレー部に参加していました。もし彼女が犯人なら、クラブ活動が終わったあと教室に寄ればよかったはずです。わざわざ夜に、校舎に侵入する理由がありません」

「あ、たしかに。言われてみればそうですね」

花先生は頷いた。

「それじゃ、残るは村田くんと雪成くんの二人ですか」

そう、村田宏也と雪成秀一。二人は同じ塾に通っており、放課後遅くまでは学校に居残ることができなかった。夜に校舎に忍び込む理由はある。家も学校のすぐ近くだから、それも不可能ではなかったろう。

「ただある理由から、村田は除外できます」

「なんでですか?」

「盗られたカードです」

「盗られたカード?」

「ええ、『罪人の報復』ですよ。そのカードの説明欄に『報復』という言葉の意味が書かれているんです」

『報復』とは怨みある相手に仕返しをすること。今日、三十島にカードを見せてもらったとき、そう書いてあるのをたしかに見た。

「村田は、成績こそさほどじゃありません。ただ一度意味を把握すれば、難しい言葉も使いこなせる、そういう頭の良さを持った子です。盗ったカードの説明欄に目を通せば、その意味を把握できたことでしょう。けど、村田は今日の帰りの会で、雪成に訊いているんです」

――ねえねえゆっきー、ホーフクって何?

「もし村田が『罪人の報復』を盗ったのなら、絶対にこの質問は出てこなかったはずなんです」

「なるほど！　これで村田くんも犯人じゃなくなって、残るは——」

そう、残るは雪成秀一、一人だけなのだ。

「成田先生、どうするんです？」

いよいよ捕り物ですね、と言わんばかりの顔つきで訊いてくる花先生に、僕は苦笑しながら答えた。

「とりあえず、僕なりのやり方でやってみます」

9

帰りの会が終わり、子供たちは教室から三々五々散っていく。下校する子や、クラブ活動に赴《おもむ》く子、彼ら彼女らを見届けてから僕も廊下に出た。すると、

「先生」

後ろから声をかけられた。振り返ると、そこに立っていたのは雪成秀一だ。

雪成の顔を見ながら、休み時間、彼がカードで遊んでいる同級生たちを眺めていた目を再び思い出す。僕はそれを、どこかうらやましそうな目だと感じた。

おそらくそうだったのだろう。

だから彼は、一昨日の放課後、京谷がカードホルダーをロッカーにしまうのを見て、つい大

胆な出来心を起こしたのではないか。それでもカードホルダーごと持っていったりしなかったのは、やはり他人のものに手を出すことにぎりぎりで躊躇《ためら》いを覚えたからだと信じたい。そんな葛藤の結果が、そこまで貴重でないカード一枚、という奇妙な被害の正体なのではないだろうか。

「雪成。何か言いたいことがあるんだよな」

僕が先にそう切り出すと、雪成は少し驚いた顔になったが、すぐに神妙な顔つきでこくりと頷いた。

「はい」

「そうか!」

僕は思わずこぶしを握り、己が身を感動に打ち震わせた。やっぱり僕のやり方は間違っていなかった。

が。

雪成は顔を上げると、いつもと同じ朗らかな笑みを浮かべて言った。

「先生も、犯人が誰かわかったんですね」

「うん?」

思っていたのと違う言葉に僕が首をかしげると、雪成も小さく首を傾け、

「あれ? 違うんですか?」

「い、いや、違わないけど……」

「ですよね。そうだと思いました。昨日とは先生の態度が全然違うから、ああ、きっと先生もわかったんだなって」

沈黙する。

おかしい。僕と雪成の考えには、何か重大な齟齬《そご》があるように思える。

僕の様子に不審を覚えたのか、雪成は眉をひそめてこう言った。

「あれ？　先生もわかってるんですよね？　犯人は京谷くん自身だって」

天地がぐるりと引っ繰り返る思いだった。


「は、犯人が京谷？　どういうことなんだ？」

僕が鯉《こい》のように口をぱくぱくさせながら問い返すと、雪成はいよいよ訝《いぶか》しげな顔になった。

しかし不意に納得したような表情になると、実に小学生らしくない皮肉っぽい笑みを浮かべ、

「……ああ、なるほど。先生の体面上、そこはわからない振りをしておかないといけないんですね」

僕は口を開けたまま何も言うことができなかった。雪成はすべて承知したとばかりに頷き、

「京谷くんが犯人だとわかったのは、彼の言動が明らかにおかしかったからです」

「京谷の言動が、おかしかった？」

「ええ。だって京谷くん、昨日言ってましたよね。朝、教室に来て、すぐにカードがないことに気づいたって。それなら彼は、どうしてそのことを帰りの会まで誰にも話さずにいたんでし

ょう？　だってカード一枚ですよ。ただどこかで失くしただけかもしれないし、三十島くんや宇部くんたちのカードにまじってしまったのかもしれない。なのに、京谷くんは彼らに一言、見かけなかったか、と尋ねることさえしていない。これは絶対におかしいです。おまけに帰りの会では、何の証拠もないまま鷹宮さんに疑いを向けています。もしカードがどこか別のところから見つかったり、他の誰かが犯人だったりしたら、彼女に濡れ衣を着せたことになる。そうすれば逆に責められるどころか、徹底的に槍玉に上げられることになります。彼はそんな迂《う》闊《かつ》者じゃありません」

　まるで考えもしなかった指摘だ。僕が何も答えられないでいると、

「だから、ぴんと来たんです」

　雪成は軽く腕を組み、

「彼が帰りの会までカードが盗まれたことを黙っていたのも、鷹宮さんを遠慮なく責め立てたのも、カードは見つからないとわかっているからなんだって。つまり、カードが盗まれたという申告自体が嘘——全部彼の自作自演なんだろうなって」

　もはや僕はどう反応していいのかすらわからなかった。

　雪成は苦笑し、続けた。

「たぶん京谷くんは、一昨日の鷹宮さんの糾弾がおもしろくなかったんでしょうね。だから昨日の帰りの会で、彼女にいっぱい食わせてやろうと思ったんでしょう。つまり、ただの悪ふざけです。もちろん完璧に陥《おとしい》れたいのなら、あらかじめ彼女の荷物に自分のカードを紛れ込ま

せておくぐらいやるべきですけど……まあ彼も、自分の彼女にそこまではしないでしょう」

聞き捨てならない発言に、僕は目を剝いた。

「え?」

「はい?」

「あ、いや、彼女って……」

雪成は、何を今更、と言わんばかりに肩をすくめ、

「付き合ってますよ、あの二人」

事もなげに言う。僕はいよいよ顔を引きつらせた。しかし同時に頭の片隅では、なるほど、と納得もしていた。

一昨日、鷹宮が教室に残っていたのは、つまり、彼氏に謝って仲直りするきっかけをうかがっていたからだったのか。

一枚だけ、それもCランクというそこまで貴重でないカードが盗まれたのも——いや、盗まれたことにしたのも、首謀者の京谷自身が、事を大袈裟にするつもりがなかったからか。金銭的価値のあるカード含め、カードホルダーごと全部盗まれたなんてことにしたら、それこそ事件になってしまう。

「まあ鷹宮さんも、普段ならあんなつまらないことをいちいちあげつらって悦に入るような程度の低い子じゃありません。きっと京谷くんと喧嘩でもしたんじゃないですか。だから、帰りの会で少しちょっかいをかけてやろうと思ったんでしょう。京谷くんが内中原くんの悪口を言

ったのも、仕方のないことではありますし」

「仕方ない？」

なぜそうなる？

「京谷くんが言ってたらしいじゃないですか。内中原くんのことを、調子に乗っててむかつくって。実際そうだってことです」

雪成は、僕にとって衝撃の事実を口にした。

「彼、いつもクラスメイトを小馬鹿にするようなことばかり言うので、クラスのほとんどから嫌われてますよ」

もちろん先生も気づいてるでしょうけどね、と小さく口元を歪める。

「でも、そこへ来て『人の悪口を言わない強さを持とう』なんて、なかなか痛烈な皮肉でしたね！　真相がわからないふりをしつつも『悪口を言わない強さを持とう』ですからね、京谷くんも鷹宮さんもさすがに内心まいったんじゃないですか。昨日、先生が犯人を見つけるって言ったときは、正直、この人は何を言い出すんだろうって思ってたんですけど……こういうことだったんですね。お見それしました」

「い、いや……」

喉元を掻《か》き毟《むし》りたい、いや、いっそ跡形もなく消えてなくなりたい衝動に駆られる。

しかし、そんな僕の内心になど気づく様子もなく、雪成は言った。

「それにしても、先生って仕事、ちょっと楽しそうですね。こうやって自分のクラスの子をやり込めて、服従させることができるなんて。僕も将来、小学校の先生になろうかなあ」

「な」

それじゃ、と雪成はぺこりと礼儀正しく一礼して去っていった。あまりにも目まぐるしい展開と、最後に雪成が見せた常の彼にない黒い笑顔に、僕は完全に打ちのめされる。

そこへ、

「それじゃ帰ろっか、椿くん！」

「いいけど、お前、今日クラブは？」

「休みだもん！」

ふーん、と返事した京谷は、廊下で固まっている僕を見つけて、あ、という顔をした。隣には鷹宮もいる。もはや昨日までのことなど遠い過去だったかのように、二人は仲睦《なかむつ》まじげだった。

京谷は少しだけ気まずそうな顔をしたが、それも一瞬のことだった。すぐに肩をすくめて言う。

「じゃあ先生、また来週」

こちらを向いた鷹宮も朗らかに言った。

「先生さようなら！」

「あ、ああ、さようなら……」

廊下で力なく手を振りながら二人を見送っていると、

「あ、先生」

今度は蔦谷梨花が佐々木を引っ立てるようにして、教室から出てきた。淡々と言う。

「先生。やっぱりうさぎの機嫌が悪かったのも、ガラス戸の鍵がかかってなかったのも、佐々木くんがちゃんと仕事をしていないからでした。注意してください」

「あーもー、だから悪かったって。勘弁してくれよー」

袖を摑《つか》まれ、情けない声を出す佐々木を無視して、蔦谷は続けた。

「先生、正直鍵のことなんかどうでもいいんです。でも、うさぎは少しのストレスでも死んじゃうんです。これはうさぎにとっての一大事なんです。……先生、聞いてますか。ねえ、ちょっと、先生ってば」

10

「小学校の教室は、伏魔殿なんですよ！」

駅前ガード下の居酒屋にて僕は声高にそう叫ぶと、二杯目の生ジョッキをぐいぐいあおってカウンターに叩きつけた。

「あはははは、わかりますわかります！　まさにその通り！　いいこと言いますねえ、成田先生！」

すでに僕の倍以上の酒量を鯨飲《げいいん》し、完璧に出来上がっている花先生は、笑いながらこちらの背中をばしばし叩く。

「まあ何があったか知りませんけど、結局丸く収まったならよかったじゃないですか」

僕は思わず半眼になって花先生を見やる。そう、花先生は昨夜のことを何も憶えていないのだった。あんなに頑張って飲んだというのに……。

とはいえ。

たしかにそうだ。事態は丸く収まった。

カードは結局盗まれていなかったし、京谷や鷹宮ら一部の子供たちは、僕のことを認めてくれた。雪成に至っては「先生になろうかなあ」とまで言ってくれ、僕は、教え子の中から先生を目指す子供が現れてほしい、という自身の夢まで——実に皮肉な形だが——叶ってしまった。

しかし。

「……たしかに丸くは収まりました。けど、僕は自分が情けないんですよ。子供たちを見る目には自信があるようなことを言っておいて、いざ蓋を開けてみればこのざまなんですから」

そうだ。僕が普段からもっとしっかり目を配って、教室内の子供たちの関係性に気がついていれば、ありもしないことで彼ら彼女らを疑ったりせずに済んだのだ。今のままではメッキもいずれ剝げ落ちてしまうだろう。

……いや、そうなってたまるものか。

小学生はモンスターだと花先生は言った。ああ、たしかにそうなのかもしれない。子供という生き物は、こちらが想像しているよりずっと難解で複雑だ。その事実を、僕は今回改めて痛感させられることとなった。

しかし、それでも僕は、やはり子供たちと戦いたいわけじゃない。向き合いたいのだ。

そして、いつかは必ず自分の力で信用を勝ち取り、夢を叶えてみせる！

「花先生！　今日は飲みましょう！　とことんです！」

「わ、成田先生、男ですね！　わたし、お酒が強い男の人って大好き！」

「ほ、ほんとですか？……っていやいやいや！　その言葉にはもう絶対に騙《だま》されませんよ僕は！」

とりあえず、我が四年三組の来週の目標はこう提案してみるつもりだ。

『何が本当で何が嘘か、きちんと見きわめられるようになろう』

ライオンの嘘

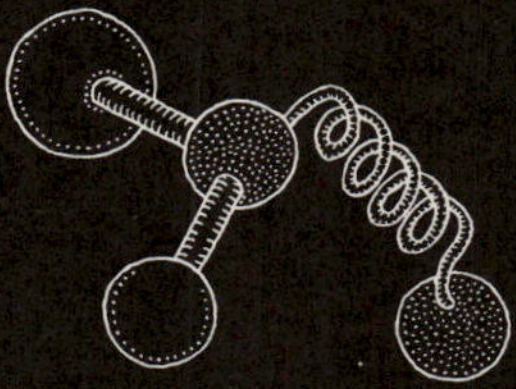

1

文化祭の本番を明日に控えた放課後、黛《まゆずみ》先輩は生徒会室でだしぬけに言った。

「そういえば五十嵐《いがらし》くん、こんな話を知ってる？」

「どんな話ですか」

「ある探検家がジャングルでライオンに遭いました。ライオンは怯える探検家に向かってこう言いました。もし私が今考えていることを言い当てられたなら、お前を食べないでやろう。さて、探検家は何と答えて助かったでしょうか？」

「『お前は今、私を食べようと考えている』」

「なーんだ、知ってたんだ」

「YESなら考えていることを言い当てたんだからライオンは探検家を食べられない。NOならライオンは探検家を食べようとは考えていない。どっちにしてもライオンは食べないことになって探検家は助かる。誰でも知ってますって、これぐらい」

「それじゃ、このロジックパズルから導かれる教訓は？」

「ライオンは偉《えら》そうにこの条件を出した時点で、すでに探検家を食べることはできなくなっていた。食べたいものが目の前にあるときは、食べられるうちにさっさと食え」

「その通り。というわけで、私は食べる！」

そう言って黛先輩は、残り一本になっていたポッキーを小袋から取って口にくわえた。……わざわざそんな小話をせずとも、別に横取りなんてしないというのに。というか、ライオンが生息してるのはジャングルじゃなくてサバンナじゃないか？

生徒会室には、生徒会長の黛先輩と、副会長の俺しかいなかった。

それぞれ文化祭実行委員会の委員長と副委員長を兼ねている俺たちだが、今は、仕事をしていたわけではない。ここ一ヶ月は、各企画の内容チェック、施設利用の調整や予算の管理、必要な物品の仕入れ、とそれなりに忙しかったが、文化祭のパンフレットはなんとか三日前に刷り上がって生徒に配布済みだし、ごみ箱の設置や来客用スリッパの準備も今日のうちに済ました。俺たち実行委員会が当日に備えてやるべき仕事は、もう全部終わったのだ。むしろ仕事が終わっていないのは、企画を準備している各クラスや部活の連中のほうだ。

うちの高校の文化祭は、とりたてて規模が大きいわけでも派手なわけでもない。二年の各クラスと文化系部活が主に企画を行うのだが、飲食物の取り扱いは禁止されているので、屋台や喫茶店といった模擬店が出せない。だから必然的に各クラスのそれは、『我が校の歴史』といった地味な展示や、『お化け屋敷』といった目新しさのない企画ばかりが軒を連ねてしまう。

部活のほうもそれほど盛んなわけではないので、結局似たり寄ったりだ。

　とはいえ。

　それでも文化祭は文化祭である。

　放課後も部活以外の目的で大勢が校舎に残って、ああだこうだと騒がしく作業をする。買い出しにも出かける。スケジュールは押すのが常で、当初の目論見通りに進んでいるところは一つもない。けれど、そんな状況すらもなんだか楽しい。きっとそういうものだろう。

　そしてそんな浮《うわ》ついた空気が校内に満ちていれば、普段以上にはめを外す生徒が出てくるものだ。だから何か起こったときのために、俺たちは生徒会室に詰めているのだった。

　とりあえず、やらかしそうな生徒のＳＮＳアカウントをまとめてリストに放り込んで監視を続けている。今のところトラブルが起きている気配はない。……まあうちは腐っても進学校で、比較的行儀のいい生徒がそろっているので、滅多なことはないと思うが。現在時刻は午後五時半。明日の文化祭開始まであと十五時間と三十分。願わくは、このまま何事もなくそのときを迎えたいものだ。

「あー、だめだ。集中力切れちゃった。休憩！」

　向かいに座った黛先輩がシャープペンを参考書の上に放った。俺は呆れながら、

「あの、前の休憩からまだ三十分も経ってないんですけど」

「いやまあ、そこはほら、ねえ？」

　ねえ、と言われても。

「っていうか、やっぱり俺、席外しましょうか？　俺がいるせいで気が散ってるんじゃ」

「あ、ううん、それは大丈夫。むしろいてくれたほうがサボらずに済むから」

九月になり、二学期が始まってもう二週間が経つ。二年の俺と違って、三年の黛先輩はそろそろ本格的に受験の追い込みシーズンだ。ちなみに夏の模試の志望校判定は、

「んー……だいぶ辛《から》かったかな。さすがに焦っちゃうね」

とのことで、僭越《せんえつ》ながら非常に心配だ。その苦労とプレッシャーもわかるだけに、きっと大丈夫、などと無責任なことも言いにくく、俺はせいぜい先輩の好きなお菓子を差し入れたり、気分転換時の話し相手になるぐらいしかできないでいた。

「五十嵐くんのクラスは企画の準備終わったの？」

黛先輩は二つめのポッキーの袋を開けると、取り出した一本を行儀悪く口にくわえて上下させながら訊《き》いてきた。

「まあぎりぎりでなんとか。費用の問題も運よく廃材がゲットできて解決しましたし。昨日やっと装置の実物が完成して、今日は安全性に問題がないかテストしてました」

「お、優秀。たしか『人間ハムスターホイール』だっけ」

「ですね。車輪の中を無限に走り続けるハムスターの気分が味わえる、っていう」

「楽しそうだね」

「……そうですか？」

「うちの部なんてまだ全然だよ。このままじゃ絶対間に合わないから、今日は泊まり込みにな

るけど見逃してくれ、って男子たちに頼まれたぐらいだもん」

部活の企画は文化部が中心だが、希望すればもちろん運動部も出展できる。夏の大会で思うような結果を出せなかったところが記念にやることが多く、黛先輩が所属するバスケ部は男女ともにスリー・オン・スリーで客と勝負する企画をやるらしい。ただし部員はハンデとして、この暑い中着ぐるみを着るそうだ。もちろんそんなものをレンタルする予算はないので、すべて自作するんだとか。本当にそんなことができるのか甚《はなは》だ怪しいが、事ここにいたってはもはやどうこう言うつもりもなかった。

原則、午後七時以降の生徒の居残りは禁止である。とはいえ、時間を過ぎても残ろうとするやつはどうせ出てくるだろう。……まさか、本当に泊まり込みまでする生徒はいないと信じたいが。

「大丈夫ですか？　もしその男子たちが教師に注意されたとき黛先輩の名前を出しでもしたら、とばっちりが来ますよ」

「あ、そうかも」

黛先輩は座っていたパイプ椅子を傾けてぶらぶらとバランスを取る。しばらく考え込んだあと、軽い調子で言った。

「まあでも、いいかな。それぐらいの責任は負うよ」

「いやちょっと」

「部の企画には生徒会の仕事があって全然参加できなかったし、せめてそれぐらいの協力はしたいから」

何かにつけて自己責任がまかり通る社会で、進んで他人の行動の責任を負おうというのだから奇特と言うほかない。けれど、もちろん俺だってその気持ちがわからないわけではない。

明日の文化祭が終われば、俺たちは各役職を退任、現体制の生徒会も解散となる。今回の文化祭の準備と運営は、いわば俺たちの代の最後の仕事なのだ。心残りがないように、というのはいかにも先輩の考えそうなことだった。

スマートフォンの時計の表示が、カウントダウンのように一分進む。

「そういえば黛先輩って、なんで生徒会長に立候補したんですか？」

「え、なに急に？」

「いや、実はこれまで訊いたことなかったなと思って」

「えー？」

視線を軽く上へ向けた黛先輩は、

「……誰もやりたがらなくて、でも誰かがやらなくちゃいけないことで、だったら私でいいかなって。そんな感じ？」

たぶん全国に数多《あまた》ある高校でそうであるように、うちの生徒会も実態はただの雑用係だ。当然ながら、そんなものに大抵の生徒は入りたがらない。

「なんか偽善っぽいかな」

自分が口にした答えの優等生っぷりに照れたのか、そう冗談めかす黛先輩に、俺はフォローを返した。

「そんなことありませんよ。全然いいじゃないですか」

「ちなみに五十嵐くんはなんで生徒会に？」

「俺は黙秘します」

「あ、ずる。さっさと吐けこら」

黛先輩が軽く身を乗り出し、それをかわすべく俺が背後に椅子を傾けたときだった。生徒会室の戸がからりと開いた。

「――失礼します」

入ってきたのは高嶺《たかね》だった。

黛先輩は机に手をついたまま表情を明るくして、

「あ、高嶺ちゃん。いらっしゃい」

「黛先輩、お疲れ様です」

高嶺はにこりと微笑を黛先輩に返すと、視線を俺へとスライドさせ、その笑みを深くして言った。

「五十嵐先輩も、お疲れ様です」

「あー……お疲れ」

俺は歯切れ悪く応じながら、ごまかすようにスマートフォンをいじる。

「なんだか久しぶりだね。やっぱり部活が忙しかった？」

「はい。展示の準備と、そのための研究もあったので」

高嶺はまだ一年なので生徒会役員ではない。ただ俺とは中学からのよしみで、生徒会室にもよく出入りしてはなんやかんやと仕事を手伝ってくれている。ボランティアに差《さ》し障《さわ》りがあるはずもなく、我らが会長の一声により、この後輩も実質的な生徒会の一員として扱われていた。

「今日は、もう特にお仕事ありませんか？」

「今のところはね。でもせっかく来たんだし、とりあえず座ったら？」

黛先輩がそう勧め、はい、と高嶺が応じるのと入れ替わりに、俺は席を立った。

「あー、じゃあ俺、飲み物買うついでにちょっと見回り行ってきます」

すると、

「あ、それなら、わたしにもごちそうしてください」

高嶺が図々しく要求してきて、俺は眉《まゆ》をひそめた。

「……いや、なんでだよ」

「とぼけないでください。五十嵐先輩、わたしに借りがあるじゃないですか」

ない、とは言えず、俺は口ごもった。黛先輩が揶揄《やゆ》するように言う。

「えー？　二人とも、何か訳ありな感じ？」

「何もないですって。っていうか、先輩はそろそろガチで勉強してください。また次の模試で泣いても知りませんよ」

「ひどっ！　いや、やるけどさー」

黛先輩は、やれやれ、と伸びをして、

「ああ、何だったら今日はもうそのまま帰ってもいいよ。私は七時ぐらいまで残るつもりだから」

勉強の邪魔にならないよう、俺たちが気を遣って席を立ったと考えたんだろう。その声に邪推しているような響きはなかった。

「いや、戻りますよ」

「それじゃ黛先輩、いったん失礼します」

生徒会室を出て、とりあえず一階の購買部に下りる階段のほうへと廊下を歩く。高嶺もあとからついてくる。充分に生徒会室から離れたところで、俺は独り言《ひとりごと》のように後ろの後輩に声をかけた。

「何か用があるならスマホで呼び出せばよかっただろ」

「それはそうなんですけど」

ほんの少しの間のあと、

「……無視されるんじゃないかと思ったので」

返ってきたそんな言葉に、俺はぼそぼそと言った。

「……するわけないだろ、そんなこと」

むしろ、そうされるんじゃないかと思っていたのは俺のほうだ。

「そうですか？」

「そうだよ」

そうですか、と噛み締めるように呟《つぶや》く高嶺に、俺は頭を掻《か》きながら訊く。

「あー……で、何かあった？」

なるべくこれまで通りにしようとしてかえってぎこちなくなる俺に、高嶺は小さく噴《ふ》き出《だ》してから、はい、と返事をした。

「校舎の外で、ちょっと問題が起きてるみたいです。でも、なるべく黛先輩には知らせないほうがいいかもと思ったので」

先輩には勉強に集中してもらうべきと考えてのことだろう。どうしようもない事態なら報告しないわけにもいかないが、俺たちだけで片づけられるのならそれに越したことはない。

「本当はわたし一人でなんとかしようかとも思ったんですけど、自重《じちょう》しました」

「そりゃまたなんで」

「だって」

高嶺は、途端におもしろがるような声音《こわね》で言った。

「もしわたしだけで解決しちゃったら、五十嵐先輩、黛先輩にいいところを見せられませんよ？　もしかすると、黛先輩がわたしのことを好きになっちゃうかも」

階段を下りようとしていた俺はたちまちずっこけた。危うく転落事故になるところだ。手すりにつかまりながら振り向き、

「……んなわけないだろ、自意識過剰なやつだな。もしそんなことになるんなら、メアリー・

モースタンだってワトスンじゃなくホームズとくっついてたはずだ」

　高嶺は肩をすくめ、

「ワトスン博士は従軍経験もある医師ですよ？　結婚のお相手としては申し分ないじゃないですか。偏屈で気難し屋で、おまけにコカ中毒の探偵なら、モースタン嬢だって最初からくらべるまでもなかったはずです。今のわたしたちと状況が合致してるとは言いにくいですね」

「偏屈で気難し屋、って部分は合致してるだろ」

「わたしのどこが偏屈で気難し屋だって言うんです？」

　俺は大きく息をついた。半分は嘆息《たんそく》で、けれどもう半分は、この後輩といつも通りに話せて安堵《あんど》したせいだった。

「ああもうわかったから。それより問題って何なんだよ」

　ただ、

「はい。聞いて驚かないでください」

　なぜか少し得意げに高嶺が披露したその話に、俺はすぐに軽い頭痛を覚えて額を押さえるはめになった。

「……あのさ、それ話盛ってないよな？」

　一応そう訊いてみると、高嶺はにこりと微笑《ほほえ》んで言った。

「誓ってまじです」

2

昇降口で外履《そとば》きを突っかけて校舎を出ると、外はもう薄暗くなり始めていた。そんな中、古い教室棟の二階は、どのクラスからも煌々《こうこう》とした明かりがもれ、窓に暗幕を張る生徒の姿が見えたり、金槌《かなづち》で釘を打ち付ける音が聞こえてきたりしている。ローファーを履いて俺のあとから来た高嶺は、少し感慨深げに言った。

「何だかいいですよね、こういうの」

「まあな」

先月までの猛暑にくらべるとだいぶましになったとはいえ、今日も空気がむわっとするぐらいに蒸している。早くも冷房のきいた生徒会室が恋しい。俺はシャツの襟元《えりもと》を軽くぱたぱたやりつつ訊いた。

「で、その問題の現場はどこだって？」

「男子サッカー部の部室です」

高嶺も両手で小さく顔を扇《あお》ぎながら言う。

「明日のお花の準備で外の水道を使っていたら、そこで三年の先輩が困ってるみたいだったので、気になって声をかけたんです」

高嶺は華道部に所属している。中学の頃からやっているらしいが、俺は後輩が直接花を活けているところは見たことがなかった。ただ作品自体は、スマートフォンで撮影した画像で何度か見たことがある。……花の色や立てる角度、位置とバランス、どこをとっても洗練されていて、とても綺麗だった。なんとなく、本人には言えないが。

「男子サッカー部っていうと、明日の午前十時から視聴覚室の利用申請が出てたあれか」

黛先輩のバスケ部と同じく、男子サッカー部も運動部ながら文化祭に企画を出すことになっている。自分たちの三年間の試合の全ゴールをはじめ、ドリブルやパス、タックルからセーブまで、名プレーを集めた動画を編集して上映するらしい。内輪以外盛り上がりそうにもない企画だが、もちろん却下する理由にはならないので、黛先輩は喜んで申請書に判を押していた。

左手に校舎、右手にグラウンドを眺めながら歩くと、やがて体育館があり、その向こうに各運動部の部室が長屋のごとく並んだ棟がある。三年はすでにほとんどが引退し、二年も明日の準備があるため、今日はほぼすべての部活が休みだ。けれど唯一、男子サッカー部のプレートがかかった部室だけ、ドアが開けっ放しで明かりがついていた。

「あの、文化祭実行委員ですけど」

入り口から中を覗《のぞ》くと、部室内には男子生徒が一人だけいた。どうやら並んだロッカーを片っ端から開け、中をあさっていたらしい。おいおい空き巣じゃないんだから、と俺が呆れていると、こっちを振り返った男子は、俺の横から顔を覗かせた高嶺を見て声を上げた。

「お、さっきの！」

「お疲れ様です、島津《しまづ》先輩」

「マジで手伝いに来てくれたんだ。いや助かるわー！」

島津と呼ばれた三年は、地獄で仏を——というよりは、掃き溜めで鶴《つる》を見つけたような顔で部室から出てきた。

「こちら二年G組、生徒会副会長で文化祭実行委員会副委員長の五十嵐先輩です」

高嶺が笑顔でそう俺を紹介した。俺は、どうも、と挨拶《あいさつ》をする。

島津は露骨というほどじゃないものの、軽く眉をひそめた。その表情の落差から何を考えているのかは丸わかりで、要するに、なんで男が来てんだよ、といったところなんだろう。帰ってやろうかな、と思ったものの、まあ俺も同じ男なのでほんの少しぐらいは気持ちがわからないでもないような気がするし、何より黛先輩にばっちり勉強に専念してもらいたいので、この場はぐっとこらえておく。

「あー、一応話は聞きました。微力ながらお手伝いします。けどその前に、できればもう一度、先輩から改めて状況を説明してもらっていいですかね。それでわかることもあるかもしれないんで」

「何を——」

呑気《のんき》なことを、あるいは、偉そうに、とでも言いたかったのか、島津は勢い込んで口を開いた。けれどその前に、

「お手数ですけどよろしくお願いします、先輩」

と、高嶺がかぶせたので、

「あ……ああ、だよな」

と、言葉を呑み込んで渋々頷《うなず》いた。首筋に手をやり、

「……あー、つまりだな。動画の編集に使ってた俺のノートパソコンが、この部室から消えてなくなったんだよ。ドアには鍵がかかってて、部屋には誰も入れなかったはずなのに」

高嶺が、ほらほら、とばかりにこっちに視線を送ってくるので、俺は、わかったって、と手を振った。

とりあえず、謎解き好きの後輩が大袈裟《おおげさ》に話を盛った、という俺が一番望んでいた可能性は、これであえなく潰《つい》えたらしい。

部室中央のベンチに腰を下ろすと、島津は言った。

「今日は、昼休みもここで飯食いながら動画の編集をしてたんだよ。放課後には進路相談の予定もあって、とにかく時間がなかったからな」

部室はせいぜい十二、三畳程度の広さだ。床はコンクリートで、両の壁際にロッカーが並んでいる。用具倉庫が遠いから横着したのか、奥には試合用の得点ボードや交代ボード、練習用のコーンがひとかたまりにされていた。その向こうの開け放たれた窓には、アルミの格子がついている。

運動部の部室なんて、それこそ辟易《へきえき》するような汚さなんじゃないかと思っていたが、三年の

引退時に大掃除でもしたのか、清掃はきっちり行き届いていて、不快な臭いもなかった。

「一人でですか？　他に手伝いとかは」

「いや、うちの部には俺以外に動画編集のソフトやスキル持ってるやつなんていねえから」

「なるほど。それで？」

「昼休みが終わったらドアを施錠して、職員室に鍵を戻した」

「ノートパソコンを部室に置いたままですか」

俺の言葉に非難めいたニュアンスを感じ取ったのか、島津は顔をしかめた。

「しょうがねえだろ。五限が体育館でバレーだったんだよ。わざわざ教室まで戻るのも面倒だったし。それにうちの学校って教室のロッカーに鍵ついてねえだろ」

「たしかに、それなら鍵のかかる部室のほうが安全だと考えるのも無理ありませんね」

高嶺が同意を示すと、島津は、「だろ？」と表情をゆるめた。

「パソコンはどこに置いておいたんです？　このベンチの上ですか」

「ああ。できればロッカーに入れときたかったけど、新学期が始まったときに引き払って、俺のはもうないしな」

「で、放課後にまたここに来てみたら、そのパソコンが消えていたと」

「そうだよ。結局担任の都合で進路相談が延期になったから、ホームルームが終わってすぐに職員室に鍵を取りに行ったんだ。それが四時ぐらいか。五時に、とりあえずできたところまで蘇《そ》我《が》に動画を見せて、感想聞く約束にもなってたしな」

「その蘇我っていうのは、同じサッカー部の三年生ですか」

「ん、ああ。ただ職員室のキーボックスに部室の鍵がなくて、すぐそばの席にいる田村《たむら》に訊いたら、男子サッカー部の部室の鍵なら先に来た蘇我に貸し出したぞ、って言うんだよ」

田村は、たしか三年のクラス担任をしている五十絡みの男性教師だ。

「だから、俺もすぐに部室に来たんだ。そしたらドアに鍵がかかってて、変だなって思いながら、おい蘇我、いるんだろ、って声かけたら、しばらくして蘇我が出てきて」

「はあ」

「で、部室に入ったらベンチに置いといたはずのパソコンがないだろ。だから蘇我に、お前俺のパソコン触った? って訊いたら、いやまさか、って言うし」

俺は思わず眉をひそめてしまった。……正直言いたいことはあるが、とりあえず基本的な前提から詰めていくとしよう。

「あー、そのパソコンってどんなものですか。色とか大きさとか機種とか」

「色は黒で、大きさは十三インチだな。機種は——」

島津が挙げたのは海外メーカーの機種だった。コスパのよさで有名なブランドだが、もちろん盗まれてもおかしくないぐらいには高価な代物《しろもの》だ。おまけに薄くて軽いから簡単に持ち運べる。

「部室の中はもう捜したんですよね」

「捜したに決まってんだろ！　根こそぎ引っ繰り返して、草の根分けて捜したっつの！」

たしかにさっき目撃した通り、部室内は部員たちのロッカーまですべて開けて調べたらしい。プライバシーの侵害以外の何物でもないが……まあ今はその是非はいったん置いておくとして。

さすがに状況からして、俺がまず言うべきはこれ以外になかった。

「あの、どう考えても、その蘇我先輩からもっと話を聞くべきだと思うんですけど」

鍵のかかっていた部屋から物が消えたとき、まず疑うべきは、その鍵を開けた人物だ。

けれど島津は不快感もあらわに、

「いや、あいつはそういうやつじゃねえから」

と、俺の意見を一蹴《いっしゅう》した。まるで論理無用の言い草に俺も思わず眉をひそめてしまう。……これが体育会系の絆の意識というやつなのか？

「じゃあ、その蘇我先輩は今どこに？」

「しばらく一緒にパソコンを捜してたんだけど、よその心当たりを見回ってくるって言って出ていった」

「できれば、もう一度ここに呼んでもらえませんかね。校内にいるならこっちから出向いてもいいですし」

島津は、まあ構わねえけど、とポケットからスマートフォンを取り出し、電話をかけ始めた。けれど、

「……だめだな。話し中っぽい。とりあえずメッセ送っとくわ」

手早くスマートフォンを操作し終えると、島津は顔を上げて言った。

「けどな、そもそも蘇我は部室を出ていくとき手ぶらだったぜ。パソコンなんか持ち出せるわけねえだろ」

たしかに十三インチのノートパソコンは到底ポケットに入るようなサイズじゃない。シャツの中に入れたとしても表地にくっきり形が出るだろうし、鞄に入れでもしなければ、目の前の人間に見つからずに持ち出すのは不可能だ。

「けど、部室には蘇我先輩のほうが先に来てたわけですよね。だったら島津先輩が来るまでの間に、パソコンをどこかに持ち出した可能性もあるんじゃないですか」

「いえ、五十嵐先輩。それも不自然だと思います」

高嶺が言った。

「なんで」

「だって蘇我先輩に悪意がなくて、例えばパソコンをちょっと借りただけのつもりだったなら、最初から隠したりはしませんよね。仮に悪意があって、パソコンを盗むつもりで持ち出したんだとしても、蘇我先輩が部室の鍵を借り出したことは、田村先生にばっちり知られています。そんな状況でパソコンを盗ったりしたら、自分がやったって自白してるようなものじゃないですか。仮にそうするとしても、部室のドアは絶対に開けっ放しにしておいたと思います。それで蘇我先輩自身は、トイレに行っていた、とでも言って部室を空けておけば、自分以外にも容疑を広げられるんですから」

「そう、俺もそれが言いたかった！　いや、高嶺さんだっけ。頼りになるわ、君！」

今度はたちまち島津が同意を示し、

「恐縮です」

高嶺は笑みを返した。

たしかに高嶺の主張には一理ある。蘇我がパソコンを持ち出したんだとしても、蘇我に盗むつもりがなければ最初から事件になっていないし、盗むつもりがあったんだとしても、論理的に矛盾が生じる。島津の進路相談が延期になっていなければ、約束の五時までたっぷり一時間はあったわけだ。パソコンを盗んだあと、鍵を開けたまま現場を無人にしておけば、少なくとも自分だけが怪しいという状況は回避できる。そんな簡単な理屈に、蘇我が気づかなかったとも考えにくい。つまり、蘇我はそもそもパソコンを持ち出していないと結論せざるを得ないわけで、要するに――

「要するに、島津先輩のパソコンは密室から煙のように消え去ってしまった、というわけですね」

嬉々《きき》とした声音を抑《おさ》え切れていない高嶺の口上《こうじょう》に嘆息しつつ、俺は訊いた。

「もちろん、その蘇我先輩以外に、部室に出入りした人間はいないんですよね」

「ああ」

島津は頷いた。

「ちなみに、編集中だった動画のバックアップはないんですか」

「一応クラウドに保存してるけど、何日か前のやつなんだよ。今からやり直しても、絶対明日までには間に合わねえし……」

　ということは、文化祭本番で男子サッカー部の企画を無事成立させるためには、何としてもパソコンを取り戻すしかないわけか。

　……けど、この状況下から、一体誰が、どうやって盗んでいったんだ？

3

　落とし物として職員室か教室に届けられているかもしれないから確認してくる――島津はそう言って、サッカー部の部室を出ていった。

「五十嵐先輩、どうします？」

　高嶺にそう訊かれ、俺はスマートフォンを取り出した。時刻はすでに午後六時だ。少し考えてから言う。

「とりあえず、七時までは俺たちで調べてみよう。それでも見つかる目処《めど》が立たなかったら黛先輩に報告して、あとは指示に従うしかないな」

　はっきり言って、財布やスマートフォンといった貴重品の校内での紛失、盗難は往々にして起こり得ることだ。そして、それらが戻ってくることはまずない。教師や、あるいは警察に相談したところで、間違いなく泣き寝入りだろう。ただ俺たちが事実を把握してしまった以上、文化祭準備中の出来事として会長に報告をしないわけにもいかない。ならせめて、黛先輩にきりのいいところまできっちり勉強してもらってからだ。

もちろん、それまで手をこまねいているつもりもないが。

「相変わらず過保護」

ぼそっとした揶揄を俺が聞こえない振りで流すと、高嶺は小さく息をつき、すぐに気を取り直したのか明るい声で言った。

「わかりました。それじゃ例えばですけど、犯人は外から窓を通してパソコンを盗んだ可能性はないですか？　さっき島津先輩に訊いたんですけど、お昼休みの終わりに作業を終えて部室を出たとき、窓に鍵をかけたかどうかは自信がないそうです」

たしかに、鍵のかかった部屋から物が盗まれた以上、まず検討すべきはそれだろう。部室にはエアコンなんてないので、今日の蒸し暑さなら、当然昼休みの作業中も窓は開けていたはずだ。窓には格子が取り付けられていて人の出入りこそできないものの、腕ぐらいなら充分通る。薄いノートパソコンも然りだ。

けれど、

「さすがにこの場合は難しいんじゃないか？　だいいち手が届かないだろ」

パソコンが置かれていたというベンチは、窓から三メートルは離れている。

「そこはそれ、鳥もち作戦ですよ。木の棒の先にガムテープを巻いて、パソコンにくっつけて、みたいな。文化祭準備中の今なら、そのための材料も簡単に調達できるはずです」

「……ガムテープの粘着力でパソコンが持ち上げられるとは思えないけどな。それに、窓の前には障害物もあるし」

さっきも触れた通り、窓のそばには試合用の得点ボードや交代ボード、練習用のコーンがひとかたまりにされている。たとえ窓が開いていたとしても、ベンチまでの直線上をそれらが塞いでいるので、たぶんうまくいかないはずだ。

ふうん、と思案するような声を出した高嶺は、それでもあきらめ切れないのか窓の前に歩み寄った。得点ボードの裏にすっぽり隠れてしまって見えなくなったが、どうやら高嶺は二枚の引き違い窓の左右を開け、何とかできないかシミュレーションしているらしい。うちの後輩は、見かけによらずあきらめが悪い。

ただ、そもそも本当に何ぴとたりとも出入りできなかったというのなら、そこから物がなくなる物理的道理もない。密室からの消失なんて哺乳類が産んだ卵みたいなもの——要するにあり得ない概念なわけで、必ず抜け道はあるはずだ。

そう呟く俺に、高嶺が言った。

「カモノハシは哺乳類ですけど卵を産みますよ?」

「希少きわまる例外を持ち出すな」

後輩に突っ込み返した俺は、ベンチに座って、

「ところで、ちょっと気になったんだけど」

「何ですか?」

「放課後、島津がここに来たとき、なんで蘇我はドアの鍵を閉めてたんだろうな」

高嶺はボードの陰から顔を覗かせ、

「それが何か大事なことなんですか？」

「いや大事かどうかはわからないけど、不自然って言えばこれも不自然じゃないか？」

部室のドアは、外側からは鍵を使って、内側からはノブのつまみを回して施錠する、普通のサムターン錠だ。

「女子はどうか知らないけど、男子の場合、部室の鍵ってまず閉めないと思うんだよな。あとから来たやつが入れなくなるし。それに今日もこれだけ蒸し暑いんだから、ドアも窓も開けとくほうが普通だろ」

「たしかに、言われてみればそうかもですね」

小首をかしげた高嶺は少し考える素振《そぶ》りを見せ、それから辺りに視線を巡らすと、あ、と声を上げた。膝《ひざ》を折ってその場にしゃがみ込むと、床に落ちていた何かを拾い上げる。

「もしかして、これじゃないですか？」

高嶺が手のひらに載せていたのは、プラスチック製の百円ライターだった。レバーを押すと、着火口に小さな火がともる。

俺は思わず顔をしかめてしまった。

「……おいおい、まさか煙草か？」

ライターは新品で、ガスもまだたっぷり入っている。たぶんつい最近ここに持ち込まれたものなんだろう。

「断言はできませんけど、それなら蘇我先輩が鍵をかけていた理由にはなりそうですね」

「けど臭いは？　全然しないよな、ここ」

「この時期ですし、誰かのロッカーにデオドラントスプレーの一本ぐらいありますよ」

「……なるほどな」

俺は口の中で舌打ちまじりに、ったく、と毒づいた。こんなことが教師に知れれば大問題だ。文化祭中止とまではいかなくとも、面倒な事態になるのは目に見えている。……まあ、文字通りの火種を事前に処理できてよかったと考えるべきか。

「没収ですね」

はいどうぞ、と高嶺が差し出したそれを、こいつはどうも、と受け取り、俺は尻ポケットに押し込んだ。

4

次なる可能性を検討すべく、俺たちが向かったのは職員室だ。

鍵のかかった部室からパソコンが盗まれたのは、昼休み終了時から四時までの間だという。もしその間に誰かが職員室から部室の鍵を借り出していれば、簡単に密室は破れるし、犯人の目星も付けられることになる。

職員室には、ちょうど田村がいた。島津が放課後に鍵を取りに来たとき、もう蘇我に貸し出した、と証言した教師だ。各部室の鍵を収めたキーボックスは、ちょうど田村の席の真後ろの壁に設置されていた。

「すみません、田村先生。一年C組、文化祭実行委員の高嶺です。ちょっとお訊きしたいんですけど――」

高嶺は、今日の昼休み終了時から蘇我が鍵を借りに来るまでの間に、他の誰かが男子サッカー部の部室の鍵を借り出したかどうかを訊いた。

すると、

「ん、いや、誰も来てないな」

田村はあっさりそう答えた。

「五限と六限は担当の授業がなかったから、ずっとここにいたが」

さすがにすぐさま鵜呑《うの》みにはできなかった。田村も一度くらいはトイレに立ったりして離席したはずだ。俺がそう考えていると、

「あー、藤林《ふじばやし》先生。誰かいましたかねえ」

田村は隣の若い教師に訊いた。たしか一年の授業を担当している藤林だ。俺たちの話を聞くともなく聞いていたらしい彼女は、

「いいえ、いませんでしたよ」

と、こっちもあっさり答えた。

無言で軽く顔を見合わせる俺と高嶺に、田村は訝《いぶか》しげに目を細めた。鍵がどうかしたのか、と訊かれる前に、その場を離れることにする。

「ありがとうございました。失礼します」

さっさと出入り口に向かう。高嶺も一礼して俺に続いた。

「用が済んだならさっさと帰れよ」

田村の言葉におざなりな返事をしつつ、職員室の戸を閉める。

蒸し暑い廊下で、高嶺は言った。

「お昼休みの終わりから四時までの間に、誰かが鍵を借り出した可能性もなさそうですね」

「だな」

仮に教師二人が同時に席を離れる機会があったとしても、そのタイミングを見計らうのはさすがに難しいだろう。

「誰かが勝手に男子サッカー部の部室の合鍵を作っていた、って可能性はないですか？」

「そんなことまで論じ始めたらきりがないけどな……。実際、それって現実的な可能性だと思うか？」

「思いません」

自分で挙げたくせに、きっぱりと言ってのける。まったく、うちの後輩はいい性格をしている。

けれど、これで密室はますます強固なものになってしまった。スマートフォンを取り出して確認すると、時刻はもう六時十分を過ぎている。手がかりらしきものも見つからないし、あまり悠長にしている時間もない。

腕を組んで小さく唸《うな》る俺に、高嶺が提案した。

「現場の近くで聞き込みでもしてみましょうか？　もしかすると、何か見た人がいるかもしれませんよ」

5

部室棟向かいの建物は、一階が柔剣道場とピロティで、二階が体育館になっている。普段より大勢の生徒が校内に残っているとはいっても、それは教室棟が大半だ。むしろほとんどの運動部が休みになっているせいで、現場である部室棟やそのそばのグラウンドにはまるでひと気がない。目撃者が期待できるとすれば、それは体育館のほうしかないだろう。

柔剣道場は閉まっていたものの、ピロティでサーキットトレーニングをやっている男子の集団がいた。二、三年はいないはずなので、一年だけでメニューをこなしておくよう指示されたんだろう。こんな時間までご苦労なことだ。

「練習中にごめんなさい。ちょっと訊きたいことがあるんですけど――」

一年たちはボート部らしい。ひと通りメニューをこなしてへばっている様子の彼らに、高嶺が話しかける。

「今日のお昼休みが終わって以降、男子サッカー部の部室辺りで何か気になるものを見かけませんでしたか？　不審な人影だったり、あるいは出来事だったり、どんな些細《ささい》なことでもいいんです」

いきなり探偵の真似事めいた質問をされて戸惑ったようだが、ボート部員たちは答えてくれた。

「……いや、特には。そもそも俺たち、ついさっき外周から帰ってきたところだから」

「あ、そうでしたか」

礼を言ってその場を離れる。高嶺は小さく肩をすくめ、

「なかなかミステリの主人公みたいにはいきませんね」

そんな場合でもないはずなのに、俺は噴き出してしまった。

「そりゃそうだ」

俺たちは階段で二階へ上がった。

体育館は明日の本番では合唱部や吹奏楽部の演奏などに使われるため、全面にシートが敷かれ、パイプ椅子が並べられている。奥のステージ上では今、演劇部がリハーサルの通し稽古をしているところだった。誰か話を聞ける人間はいないかと俺が出入り口から館内を覗いていると、

「お、五十嵐じゃーん」

いきなり横から男子の声が飛んできた。

俺と同じクラスの宇留野《うるや》だった。演劇部の所属で、二年ながら舞台演出も担当しているらしい。客席からの見え方、聞こえ方をチェックしていたのか、後方の壁に背を預けて腕を組んでいる。俺と高嶺を見て口の端を上げ、

「本番に備えての見回りか？ 大変だなあ、文化祭実行委員様は」

そう言う宇留野は、ブラウスにロングスカート、足元はパンプスという女装姿だった。メイクもばっちり、眉まで整えてあって、それがまた妙に似合っている。たぶん明日の出演時の衣装なんだろう。特にそこには触れず、

「宇留野、今いいか？ ちょっとだけ訊きたいことがあるんだけど」

「照明と音響の確認メインだからいいぜ別に。何よ？」

すたすたとこっちへやってきた宇留野に、俺は言った。

「今日の昼休みの終わり以降、向かいのサッカー部の部室周辺で何か気になるものとか見なかったか。どんな些細なものでもいいんだけど」

「はあ？」

唐突に妙な質問をされても、宇留野はむしろ愉快そうだった。ふと、ああ、と何か思いついたような素振りを見せ、

「そういえば放課後、大道具を搬入《はんにゅう》してる最中に、部室棟のドアの一つから男子が出てくるの

を見かけたな。向かって右から五番目の部室だ」

五番目なら男子サッカー部の部室で間違いない。

「いつ頃？」

「搬入を始めたばっかだったから、四時過ぎぐらいか」

「それ、どんなやつだった？　長めの茶髪？」

「いや、髪は黒くて短かった。背はわりと高くて、がっしりしてたな」

島津は茶髪だから、たぶん宇留野が見たのが蘇我だろう。

「あの、横からすみません」

高嶺が小さく手を上げ、

「その人、手に何か持っていませんでしたか？　例えばパソコンとか」

「いやあ、さすがにそこまではちゃんと見てなかったな」

いきなり高嶺がそんな質問をしても、宇留野は動じることなく、ただ、と続けた。

「なんかそいつ、めちゃくちゃキレてたように見えたんだよな。俺はそれが気になってさ。だから憶えてたんだ」

「キレてた？　怒っていたんですか？」

「そう。目なんかこんな吊り上げて、速足で、もう憤懣《ふんまん》やるかたないって感じのオーラを全身から発散しててさ。もしあれがエチュードなら、満点を出せるぐらいの出来だったぜ」

たしか蘇我は島津と一緒に部室内を捜したあと、よその心当たりを見回ってくる、と言って出ていったはずだ。一体それらのやりとりのどこにキレる要素があったんだろうか。

高嶺はちらりと俺を見て、

「島津先輩から、お前がパソコンを盗ったんじゃないか、って疑われたんでしょうか?」

「そんな感じでもなかったけどな」

――いや、あいつはそういうやつじゃねえから。

むしろ疑う俺に対して、そうフォローしていたぐらいだ。

宇留野は低く喉《のど》を鳴らすように笑った。

「俺が見たのはそれだけだよ。何か手がかりになったか、探偵様?」

手がかりを得るどころか、ますます謎が深まった感すら覚えながら、俺たちは体育館をあとにした。階段を下りながらスマートフォンを取り出すと、時刻はすでに六時半を回っている。

……たった一時間で犯人を見つけてパソコンを取り戻そうなんて、いくら何でも都合よく考えすぎたか。

さすがにあきらめの気持ちが心に兆《きざ》す。その一方で、たった今宇留野から聞いたばかりの話が、なぜか頭の片隅に引っかかっていた。

階段の途中で、男子サッカー部の部室に目をやる。

特に怒る理由なんてないはずの蘇我が怒っていた。これはたぶん重要な情報だ。そんな気がする。その理由さえわかれば、目の前の霧がぱっと晴れて、たちまち自分が触れているものの本当の姿が見えてくるような……。

本当の姿？

足が止まった。

「あ」

急に立ち止まった俺を、振り返った高嶺が怪訝《けげん》そうに見上げてくる。

「先輩？」

「そうか。そういうことだったのか」

「何かわかったんですか？」

正直、現時点ではまだ、おそらくとしか言えなかった。それでも、きっとこれで間違いないという直感を覚えながら、俺は独り言のように答えた。

「たぶん俺たちは、気づかないうちに目くらましを食らってたんだ。そのせいで、謎の本当の姿が見えてなかったんだよ」

高嶺は眉をひそめ、首をかしげた。

6

購買部のベンチに深く腰かけた俺は、ストローを挿したパックの乳酸菌飲料をすすると、息をついて脱力した。フルに使った脳に糖分が染み渡るようだ。

「先輩、もったいぶってないでそろそろ説明してください。一体どういうことなんですか？」

アイスコーヒーのカップを手に俺の前に立った高嶺が、じれったそうに催促してくる。別にもったいぶっていたわけじゃなく、自分の考えに間違いがないか確かめていただけなのだが。

「わかったって。じゃあ検証がてら聞いてくれ」

身を起こしてベンチに座り直すと、どこから話すべきか思案しながら言う。

「あー、結局のところ、俺たちは密室っていう刺激的な謎に目くらましを食らってたんだ。注目すべきはそっちじゃなくて、もっと別のほう――具体的には、島津の証言だったんだよ」

「それは、島津先輩が嘘をついてたってことですか？」

「いや違う。ただ、洗いざらい正直に話していたわけでもなかったんだ」

ますます眉をひそめる高嶺に、俺は言った。

「島津は、蘇我のことを強くかばってたよな」

「そうですね」

「俺はそれを最初、体育会系の絆の意識みたいなものが言わせてるんだと思ってた。けど思い返してみると、島津は明らかにそれと矛盾する行動を取ってたんだ」

高嶺は少し考えて、

「そんなのありました？」

「部員のロッカーを残らず開けて、遠慮なく中をあさりまくってたことだよ」

「あ」

島津は蘇我のことをかばう一方で、他の部員たちのことはプライバシーも無視して容赦《ようしゃ》なく疑っていた。つまり島津の蘇我への断定的なフォローは、別に、同じ部活の仲間だから、とかいった理由じゃなく、多分に個人的な理由によるものということだ。

そして、そこで思い出されるのが、島津の高嶺と俺に対する露骨なまでの態度の差である。島津の蘇我に対する擁護《ようご》は個人的な理由によるもので、さらに言えば蘇我の性別とも無関係ではないんじゃないだろうか。

「要するに、蘇我は女子なんだよ」

まさにその本当の姿が、俺たちには見えていなかったのだ。

高嶺は見開いた目を二度しばたたかせてから、

「でも島津先輩は蘇我先輩のことを、男子サッカー部の部員だ、って言ってたはずじゃ？」

「別におかしくないだろ。マネージャーなら女子がいたって普通だ」

「ああ」

納得したのか、高嶺は頷いた。けれど、すぐに小首をかしげ、

「でも、島津先輩はどうしてそんな嘘をついたんですか？　ああいえ、別に嘘をついたわけじゃないんですよね」

そう、嘘をついたわけじゃない。ただ、蘇我が女子であるという事実は、やはり意図的に伏せられていたと考えて間違いない。

「たぶん生徒会の人間が相手だったから、言いにくかったんだろうな」

女子マネージャーと二人きりで、しかも誰も来ない部室で会う。となれば十中八九、島津と蘇我はそういう関係なんだろう。そんな状況を、心配して声をかけてきた生徒会の人間に臆面《おくめん》もなく明かすのは、さすがにはばかられたのだ。

けれど。

あるいは声をかけたのが俺だったのなら、島津も隠すことなく話していたかもしれない。ただ高嶺――後輩の女子を相手にしては、余計に言いにくかったはずだ。……しかも、あとから一緒に現れた俺にあれだけ邪険な態度をとるぐらい、この後輩のことが気になったのなら。まあ俺も同じ男なので、気持ちは少しぐらいわからないでもないが。いやほんと、ほんの少しぐらいは、だが。

おそらくその辺りの機微を丸ごとわかった上で、高嶺は言った。

「まあ理解はできます。共感はできませんけど」

なぜか俺は自分が責められている気分になり、居心地の悪い思いをしながら続けた。

「……あー、とにかく。蘇我が女子だとすると、状況はがらっと変わってくる。何よりまず、先に部室に来ていた蘇我がドアの鍵を閉めてた理由だ」

「煙草を吸っていたからじゃないってことですか？」

別に女子が煙草を吸わないとは思わない。吸う人間は吸うだろう。ただ、男にくらべて喫煙率が低いのは間違いないし、ましてうちの高校の生徒は比較的行儀がいいほうだ。それなら別の可能性のほうがまだしもあり得る。

「まあもともとその考えに固執してはいませんけど。それじゃ、どうして蘇我先輩は鍵を閉めていたんですか？　着替え……じゃないですよね」

「蘇我が女子だとすれば、もう一つおかしなことがある。宇留野が見たっていう、午後四時過ぎに部室から出てきた男子は、一体何者なのかってことだ」

あ、と高嶺は再度目を見開いた。

その男子が島津でないことは、外見の特徴からすでに確認した通りだ。島津ではないもう一人の男子の存在と、暑いにもかかわらず鍵をかけていた蘇我。この二つをまとめて考えれば、導き出せる結論は多くない。実際、高嶺の答えも俺と同じものだった。

「蘇我先輩が鍵をかけていたのは、島津先輩とは違う、別の男の人と部室にいたからなんですね？」

「たぶんな」

それが何を意味するのかを考えるのに、たいした想像力は必要ない。

要するに蘇我は、島津と付き合いながら、別の男子とも密かに関係を持っていたわけだ。

「……たしかにそんな関係でもない限り、男の人と一緒にいる部屋で、女の子は絶対に鍵なんてかけませんし、かけさせませんね」

文化祭準備中、ほとんどの運動部は休みになる。実際、部室棟もグラウンドも今日に限っては無人だった。辺りにひと気はなく、鍵を閉めてしまえば誰も入ってこられない。放課後の密会には打ってつけの場所だ。

「でも、おかしくないですか？　蘇我先輩が鍵を閉めていた理由がそれだとすると、部室には蘇我先輩とその男子生徒が二人でいたってことですよね。それなら島津先輩が部室に来たとき、その男子生徒と鉢合わせになったはずです。なのに、島津先輩はそのことに一切触れませんでした。それはどうしてですか？」

当然の疑問だ。俺はストローで飲み物をすすってから答えた。

「島津はそもそも、その男子生徒が部室内にいたことはもちろん、密かに出ていったことにさえ気づかなかったんだ。だから、俺たちに何も話せなかったんだよ」

高嶺は眉をひそめ、小さく唇《くちびる》を引き結んだ。そんなはずがない、と言いたげだ。

たしかに、自分のパソコンがなくなっていることに気づいたあと、島津は部室内を片っ端から捜し回っている。あの狭い部室で、その捜索の目を搔《か》い潜《くぐ》れたとは俺も思わない。ただ高嶺は、この期《ご》に及んで俺が何の考えもなく支離滅裂なことを口にするはずがないのもわかっているんだろう。だから何も言ってこないのだ。

「要するに、こういうことだったんじゃないか」

別に後輩を焦《じ》らす趣味はないので、俺はすぐに説明した。

「蘇我は放課後、すぐに職員室から鍵を借り出して、男子サッカー部の部室で男と会っていた。相手がどこの誰かは知らないけど、宇留野の言った通り、黒くて短い髪の、背が高くてがっしりしたやつなんだろうな。動画を見て感想を伝える約束をしていた島津は進路相談で遅くなるから、それまでたっぷり一時間はあるし。ただ、島津は進路相談が延期になったせいで、予定よりも早くやってきた。部室のドアに鍵がかかっていても、蘇我がいることはわかってたから中に声をかけたし、開けてくれ、と頼んだんだろう。もちろん慌てたのは蘇我のほうだ。何しろ二股かけてる両者が鉢合わせしかけてるんだからな。当然一緒にいた男には、静かに、と促しただろう。相手の男もこっそり部室をそういうことに使ってた以上、堂々と出ていくのははばかられただろうから、とりあえず従ったはずだ」

「そこまではわかります。でも、そのあとは？」

「蘇我は必死に考えたはずだ。鍵をかけた部屋に男と二人でいたんだから、どうしたって言い逃れできる状況じゃない。場を取り繕《とつくろ》うには、島津に見つからないよう男を外に逃がすしかない。けどドアの外には島津がいるし、窓のほうも格子がはまってるから出られない」

「ですね」

「だから」

俺は息を継いでから言った。

「ひとまず一緒にいた男を、部室の奥にあった得点ボードの陰に隠れさせた」

高嶺が窓を調べていたとき、その姿は得点ボードの向こう側にすっぽりと隠れていた。つまり床にしゃがみ込めば、男でも一時的には充分身を隠せたはずだ。

高嶺は怪訝そうな顔をした。

「……そんなことしたって、しばらくすれば見つかっちゃうと思いますけど」

「ああ。だからそのあと、蘇我は島津に見つからないよう、すぐに男だけを外へ逃がしたんだ」

「そんな脱出トリックみたいなこと、一体どうやって？」

「簡単だよ。島津の目と耳を塞いでやればいい。いきなりそんなことしたら普通は怪しまれるだろうけど……蘇我が女子で、仮にも島津と付き合ってるんなら、方法はあるだろ」

「あっ」

さすがに高嶺は察しがよかった。

「ひょっとして、キスしたんですか？」

真正面からそう言われた俺は、口をもごもごさせた。けれどまあ、そういうことだ。さすがにその最中なら目は閉じるだろう。その上で、相手の顔に手をやる素振りで耳を塞げば、男が脱出するときの物音も聞かせないようにできる。何より、相手の注意を自分だけに向けることができたはずだ。たぶん島津のほうもそういうつもりがなかったはずはないので、驚きつつも拒《こば》まなかっただろう。

「まあ、進退きわまった上での最後の手段だったんだろうけどな。ともかく蘇我は島津が目を閉じている間に、視線か手振りで、隠れていた男に外に出るよう促したんだ。これで島津に見つからないよう、男を部室の外へ逃がすことができる」

これこそが密室の抜け道で、宇留野が目撃したのは、そのとき部室から出てきた男だったわけだ。

「でも、その男子生徒もよくその場をこらえましたね？　ひょっとして蘇我先輩が島津先輩と付き合っていることを、あらかじめ知ってたんでしょうか」

「たぶんな。その上で、あわよくば島津から蘇我を奪ってやろうと考えてたのかもしれない。まあそれでも、蘇我と島津に目の前でそういうことをされて、とても受け入れられなかった。だからキレてたんだ」

——目なんかこんな吊り上げて、速足で、もう憤懣やるかたないって感じのオーラを全身から発散しててさ。

ああ、と高嶺は納得と嘆息をブレンドしたような声を出す。

「まあ実際、蘇我の指示には従ったものの、腹に据《す》えかねたんだろうな。だからせめてもの腹いせに、その場にあった島津のノートパソコンを持ち出したんだ」

密室だと思われていた現場から物がなくなり、実はそこから知られざる第三者が密かに姿を消していたとなれば、まず盗ったのはその人物と考えて間違いないだろう。

「……島津先輩や蘇我先輩、ひょっとしたらもう一人の人にとっても、三年間過ごした部室での最後の思い出作りのはずが、とんだことになっちゃったわけですね」

肩をすくめた高嶺は、

「でも先輩。それじゃ、落ちていたライターはどうなるんですか？」

「ああ」

どうして部室にあんなものが持ち込まれていたのか。煙草の線が完全になくなったわけじゃないものの、この時期に高校生がはめを外すのなら、もっと健全でそれっぽいものがある。

「今日か明日、暗くなってから花火でもしようとしてたんじゃないか」

俺がそう答えると、高嶺は小さく口の端を上げ、呟くように言った。

「青春ですね」

7

「それで五十嵐先輩、これからどうします？」

「とりあえずは放っといていいんじゃないか。蘇我はたぶん、男が腹いせに島津のパソコンを持っていったことに気づいてるよ。スマホにかけても通話中で、メッセージにも返事がないのは、パソコンを返すよう男を説得してる最中だからだ。なら、あとは当人同士で片をつけてもらったほうがいいだろ。……ったく、はめを外すのもいい加減にしてほしいもんだよな」

ベンチに背中を預けてため息をつき、ストローで飲み物をすする俺に、

「そうですね。でも」

高嶺は言った。

「先輩も、少しぐらいはめを外してみたらどうですか？」

「はあ？　何のことだよ」

「黛先輩のことですよ」

思いっ切りむせた。

そんな俺に構わず、高嶺はコーヒーのカップを捨てて、一人でどこかに行ってしまう。胸を叩きながらひとしきり咳《せ》き込《こ》んだ俺は、しばし憮然《ぶぜん》とすると、ややあってから同じくパックをごみ箱に放って購買部を離れた。

外はもうすっかり暗かった。時刻は七時になろうとしている。けれど気温は下がらず、空気も相変わらずむわっとしていた。むしろ、昼間より暑くなっているようにさえ感じられる。やはりまだ校内には生徒が大勢残っているらしく、教室棟二階には明かりが煌々とともっていた。

高嶺は校舎に向かうでもなく、教室の明かりを眺めながら渡り廊下に佇《たたず》んでいた。その背に何と声をかけていいのかわからず、俺も無言で立ち尽くす。せめて風の一つも吹いてほしい。そう思いながら、たまらずシャツの襟元を引っ張って風を送る。

わたし、と高嶺が呟いた。

「三人でいる生徒会の時間が、本当に好きでした。お互いに気が置けなくて、困ったときはちゃんと助け合えて、まるで水盤の上に配置された花みたいにぴったりで。その関係を壊したくなかった。だから本当は、五十嵐先輩に告白するつもりだってなかったんです」

でも、と高嶺は続ける。ついでに呼吸も止まった。

手が止まる。

「生徒会ももう終わりなんだって思ったら、なんだかじっとしていられなくて」

高嶺は振り返った。その視線に射すくめられる。

「もちろん五十嵐先輩に告白したのは、わたしが勝手にやったことです。だから先輩もそうすべき、なんて言いません。動けば偉い、なんてことにもならないですし、考えなしの行動はわたしも好きじゃないです。映画で嫌いな台詞《せりふ》もこれですからね。――仕方ないだろ！　こんなことになるなんて思わなかったんだ！」

きっと。

明日が文化祭の本番だからだ。その浮ついた空気に当てられていなければ、高嶺もこんな話はしなかっただろうし、俺も黙って聞いていられなかったに違いない。

「よく考えてから行動することは大事です。でも、どれだけ考えても、それが正しいかなんて本当のところはわかりっこないじゃないですか。だって、わたしたちはただの高校生なんですから。失敗するのは怖いし恥ずかしいですけど、そのたびにぐずぐずしてたら、きっとどこにも行けないし何もできません」

大きなお世話だ、とはとても言えなかった。むしろ後輩の言葉の切実さに、なんでそこまで俺の背中を押してくれるのか、と問いたくなる。

聡い後輩は俺の内心を察したらしく、ややあってから自嘲《じちょう》するように笑って言った。

「……どうしてでしょうね。正直、自分でもわかりません。黛先輩も、五十嵐先輩も、二人とも先輩ですけど、わたしは友達だと思っていて。でも好きな人たちが幸せならそれでいい、なんて割り切れるほど、生憎《あいにく》人間ができてもいなくて――」

当たり前だ。俺だって、そんな人間がいるなんて信じることは難しい。少なくとも、ただの高校生の俺たちには……。

「ふー、暑」

明後日《あさって》のほうを向き、高嶺は両手でぱたぱたと顔を扇いだ。

……うちの後輩は、本当にいい後輩だ。心からそう思った。

だから、俺だって本気で心配したのだ。一週間も生徒会室に顔を見せなくなったときは、このまま二度と来ないつもりなんじゃないかと。

今それをうまく口に出して言えない自分が歯がゆく、目の前の後輩にくらべてあまりに情けなく、知らず知らずのうちに視線を足元に落としていた。

——もし私が今考えていることを言い当てられたなら、お前を食べないでやろう。

ライオンは偉そうにそんな条件を出して、探検家を食べ逃したという。

けれど本当にそうだろうか。実のところそれは、ただのライオンの言い訳なんじゃないのか。本当は自分に意気地がなかっただけなのに、つまらないこと《こと》を言ったがために機会を失ってしまったという体裁で、真実を糊塗しているだけなんじゃないのか。

黛先輩には勉強に集中してもらいたい。だから邪魔になるようなことはしたくないし、受験に無関係なことは先輩の耳に入れたくない。たしかにそれは本音だ。けれど、自分自身への言い訳であることもわかっていた。踏み出せずにいるうちに機会を失ってしまった、そんな真実を糊塗するための、ライオンと同じ論法の——。

大きく息をつく。……ライオンも俺と同じにされちゃ、さぞ迷惑だろう。

ポケットの中に手を入れると、指先に何かが当たった。つまみ出してみると、男子サッカー部の部室で没収したライターだった。

「明日、文化祭が終わったらさ」

肩越しにこちらを見た高嶺に言う。

「俺たちもやるか、花火」

高嶺は、少しだけ寂しそうに微笑んだ。


「わたし、鞄は和室に置いてあるので、生徒会室には五十嵐先輩一人で戻ってください。それじゃ先輩、また明日」

折り目正しく会釈《えしゃく》をしてから去っていく後輩を見送ると、俺は校舎内に戻った。

向かいの教室棟は明るいが、生徒会室がある職員棟はほとんどの明かりが落ちている。真っ暗な廊下を歩きながら、このあとの流れをシミュレートしてみた。――あ、五十嵐くん、おかえり。ずいぶん遅かったけど、何か問題でもあった？　いえ、何も。ところでさっきの話なんですけど。さっきの話って？　俺が生徒会に入った理由はってやつです。ああ、あれ。あれがどうかした？　いや実はあれ、本当は黛先輩が生徒会長に立候補するって聞いたからで……。

階段の途中で思わずうずくまる。ひどく喉が渇《かわ》き、心臓の鼓動がうるさい。三階まで階段を上り切れる気がしない。けれどこのまま尻尾を巻いて逃げれば、明日、後輩の生暖かい視線にさらされることは必定《ひつじょう》だ。それを思うと、我ながらみみっちい見栄とプライドが再び立ち上がるだけの気力を与えてくれる。
ああ、それでも。
こんなの、どこかのジャングルでライオンに出くわすほうが、まだましだ。

神様の次くらいに

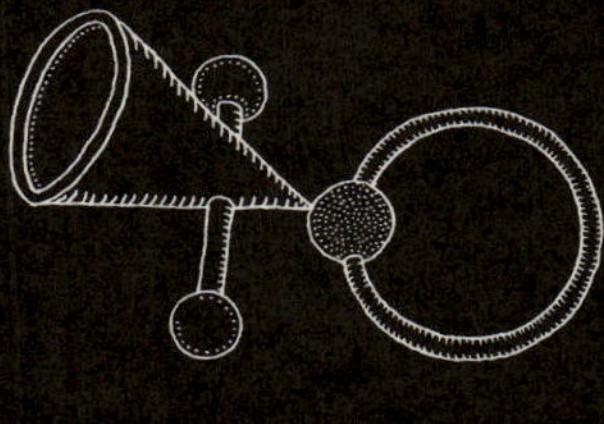

1

なにゆえこんなことになったのかと問いたいが、どこの誰にそう問えばいいのかわからない。なぜなら真っ先にそう問うべき相手からは、まずまともな回答は得られないだろうからだ。

「よし。それじゃテレビを買いに行こうか、花房《はなぶさ》くん」

榛子《はるこ》さんは、実に屈託のない笑顔でそう言った。

俺はせいぜい間の抜けた顔で、はあ、と返すしかなかった。ほかに何と言っていいのかわからなかったからだ。

しかし榛子さんはまるで気にした様子もなく、

「見てごらん」

と言って、それまで自分が眺めていたものを俺に差し出してきた。

受け取ってみると、それは家電の広告チラシだった。今朝の朝刊にでも挟まれていたものなのだろう。つるつるした手触りの紙面に、家電の商品画像がところ狭しと並んでいる。全国展開している量販店グループのものだ。どうやらこのたび、俺たちの住んでいる田舎町にも進出してくる運びとなったらしい。

「ちょうど明日、国道のそばにオープンするんだって」

「みたいですね」

「そのオープニングセールで、目玉商品が大特価で売り出されるらしくって」

「そうなんですか」

それで、と榛子さんは身を乗り出してくる。

「わたし、このテレビがどうしても欲しいんだよね。今使ってるのが壊れちゃってさ」

榛子さんが指差したのは、広告の一番上にでかでかと載っていたテレビだった。大きさは三十二インチで、価格は一万八千円。聞いたことのないメーカーの、ワンシーズン前の型落ち品らしいが、たしかに安い。他にも冷蔵庫やエアコンといったいわゆる白物家電が、オープニングセール対象商品として大特価をつけられ、ずらりと並べられている。

しかし紙面を目で追っていた俺は、ふと眉《まゆ》をひそめた。

「榛子さん。このテレビ、先着十台限りって書いてありますけど」

「ね。だから開店前から並ばないと、きっとすぐ売り切れちゃうよね」

俺はますます眉間《みけん》にしわを寄せ、

「待ってください。つまり明日、テレビを買うために、開店前行列に並ぶってことですか？」

「そうだよ」

事もなげに言われた俺は、試験で難問にぶち当たったときのような渋面《じゅうめん》になってしまった。

いや、家電量販店に行く、それはいい。テレビを買う、もちろん構わない。まあ正直、わざわざ朝っぱらから並んで買うほどのものなのか？　と思わないでもないが、こっちもどうせ暇な身の上だ。そもそも榛子さんの要望なら、何だってノープロブレムに決まっている。

しかし。しかし、だ。

一応デートに誘ったつもりなのに、それに対して「家電量販店に行こう」と言われた俺は、一体どんな顔をするのが正解なのだろうか。

2

その日、俺は朝っぱらからしょうもないことで腹を立てていた。

自宅アパートを出てすぐ、路上に捨てられたガムを踏んでしまったのだ。足を上げた途端、それがアスファルトと靴底との間でにゅーんと伸びた。

最悪だ。

靴の裏を歩道の縁石に擦《こす》りつける。……いやいやいや、路上にガムを捨てるなよな。人としての良識はないのか、良識は。

徒歩十分の大学へと向かう途中、スニーカーの靴底がひたすらぴったんぴったんという。そのたびに、どこの誰とも知れないやつのモラルのなさに苛々《いらいら》する気持ちを抑《おさ》えられず、同時に、こんなしょうもないこともさっさと受け流せない自分の小ささが少し悲しくなった。

しかし学部棟ロビーの自動ドアを通過したところで、俺のそんな暗い気持ちは綺麗さっぱり吹き飛んでしまった。なぜなら、榛子さんがいたからだ。

榛子さんは俺が所属するゼミの一つ上の先輩である。同じ講義もいくつか履修《りしゅう》していて（去年度、うっかり必修科目を落としたので取り直しているらしい）、それがきっかけで話すようになった。

肩からすべり落ちるさらさらとした黒髪に、すっきり形のいい眉と大きな目。口元にはいつも柔和な笑みを浮かべている。気取ったところは微塵《みじん》もなく、誰にでも優しく温厚で、不機嫌そうな顔つきなどこれまでに見たことがない。何かにつけて沸点の低い俺としては、実に憧《あこが》れる存在だ。当然男子に人気があり、それを上回るぐらい女子に人気がある。なので、その周囲にはいつも誰かしらがいて、二人で話をする機会は残念ながらあまりなかった。これまでは。

しかし今、ロビーのベンチに榛子さん以外の人影は見当たらない。これは紛《まが》うことなき好機だ。

「おはようございます、榛子さん」

近づいて話しかけると、

「ん？　ああ、花房くん。おはよ！」

顔を上げた榛子さんににこやかな笑みを向けられ、俺はそれだけで心底幸せな気分になった。

「一人ですか？　珍しいですね」

「うん、突然講義が休講になって、次までぽっかり間が空いちゃってね。どうしようかなって思ってたところ」

「なるほど」

どの教員かは知らないが実にすばらしい。今回だけでなく、ぜひ次回も次々回も休講にしてもらいたいものだ。

「花房くんは？」

「あー、実は俺もいきなり休講になったんですよ」

たった今、自主的に、だが。

榛子さんは笑顔で言う。

「そうなんだ。それじゃドタキャンに泣かされた者同士、しばらくおしゃべりでもしてよっか」

もちろん賛成以外の返事などあるはずもなかった。

しかし、幸福な時間ほど早く過ぎ去るのが常だ。他愛もない話をしているうち、あっという間に次の講義の開始時刻が近づいてきた。なんとかもっと話せないものか。そう考えた俺は、次の瞬間、自分でも予想外の一言を口走っていた。

「榛子さん、明日って暇ですか」

「明日？　土曜だよね。暇だよ」

「じゃあ、もしよかったらですけど、どこか行きませんか」

「うん、いいよ」

榛子さんはあっさり了承した。……なんとなく誤解されている気がする、と思っていたら、案の定だった。

「ほかには誰が来るの？」

頬杖《ほおづえ》を突きながらそう訊《き》き返され、

「いや、じゃなくて、えーと」

俺は頭を掻《か》いた。ややあってからぼそぼそと言う。

「あー、だから、二人でとか」

榛子さんはぱちぱちと瞬《まばた》きした。

「二人？　わたしと花房くんで？」

「まあ、はい……」

そう言ってから、はたと気づいた。よく考えてみれば、俺はそもそも榛子さんに特定の相手がいるかどうかも知らないのだった。もしや、すでに誰かと付き合っているのだろうか。むしろ、その可能性のほうが圧倒的に高いのではないか。……あああ、なんという迂闊《うかつ》。まずい。どう取《と》り繕《つくろ》おう。

俺は自らの浅慮《せんりょ》を呪った。が、榛子さんは再びあっさり、

「うん、いいよ」

と言った。

「え？」

思わず耳を疑いながら、おそるおそる訊き返した。

「いや、え？　いいんですか？」

「うん」

突然降って湧いた幸運に、俺はしばし呆然としてしまった。……もしやこれは夢なのだろうか？　いや、そうであっては絶対に困るのだが。

とはいえ、俺の幸せな気持ちはそこまでだった。

「よし。それじゃテレビを買いに行こうか、花房くん」

しばらく考えてから俺は思った。

……これはやはりあれか？　遠回しに断られているのか？

「花房くんは何か欲しいものないの？」

しかし榛子さんの態度にはあくまで屈託がない。だからまあ、とりあえず迷惑ではないのだろう。うん、きっとそのはずだ――自分にそう言い聞かせながら、ちょうどそのとき、そろそろ購入しないと本気でまずい家電を一つ思い出したこともあって、俺は目の前の質問に飛びついた。

「あー、欲しいのは冷蔵庫ですね」

「ふーん、壊れちゃったの？」

「いや、もともと持ってないんですよ」

「ああ、じゃあ花房くん自炊しない人なんだ」

「いえ普通にしますけど。毎日外食する金なんてありませんし」

「え？　じゃあ買ってきた食材とかどうやって保存してるの？」

「そりゃまあ、ですからこれまでの夏場は毎年サバイバルだったってことです」

俺がそう言うと、榛子さんは小さく噴《ふ》き出《だ》した。機嫌よさそうに肩を揺らしながら、

「花房くん、見かけによらずアナーキーなんだねえ」

——もしかして、そもそもデートだと思われてないんじゃなかろうか。

その可能性に俺が気づいたのは、夜、自宅アパートに帰りつき、布団に潜《もぐ》り込んでからのことだった。

3

しかし榛子さんと二人で出かけられる以上文句などあるはずもなく、また冷蔵庫が必要なことも事実ではあるので、翌土曜日、俺はきっちり午前六時に起きて枕元の目覚ましを黙らせた。はっきり言ってかなり眠い。が、万一遅刻なんかしては洒落《しゃれ》にならない。手早く洗顔や着替えなどの支度を済ますと、バイトで貯めたなけなしの現金を今一度チェックしてから（冷蔵庫

はありがたいことに、なんと二万四千円だった)、午前六時四十五分にはアパートの部屋を出た。早朝にもかかわらず八月の日差しは強く、日中にかけてまだまだ気温は上がりそうだ。

「おーい、花房くん。こっちこっち」

家電量販店脇の駐輪場のそばには、すでに榛子さんが先着していた。俺を見つけて手を上げてくれる。

「おはようございます、榛子さん」

「うん、おはよ。今日も暑くなりそうだね」

持参してきたらしいうちわで、ぱたぱたと自分を扇《あお》いでいる。早くもわくわくしている様子だ。

「それにしても花房くん、準備万端だね。どうしたの、それ?」

榛子さんが指差したのは、俺が自宅アパートからがらがらと押してきた台車だった。

「昨日大学から帰る前に、学生課に行って借りてきたんですよ」

俺がこんなものを持参したのには、もちろん理由がある。

昨日、榛子さんが持ってきた広告を隅々まで確認してわかったことだが、目玉商品にはいずれにも、

『※お客様ご自身でのお持ち帰りのみ』

と、小さく注釈がつけられていたのだ。いかんせん俺たちが住んでいる町は結構な田舎なので、住民はマイカー所有者が多い。なので、こんな条件でも支障はないのだろうが、生憎《あいにく》こっ

ちは貧乏学生の身だ。車なんて持っていない。かといって、まさかテレビや冷蔵庫を担《かつ》いで帰れるはずもなく、そこで俺は学生課から運搬《うんぱん》用の台車を借り出してきたのだった。

「榛子さんこそ、どうやってテレビ持って帰るつもりだったんですか」

「ん？　まあ、そこはそれ。頑張って担いでとかね。わたし、こう見えて結構力持ちだから」

……いや、いくら何でもそりゃ無茶では。

量販店の新店舗はなかなか大きな建物だった。平屋だが、さすがに田舎だけあってフロア面積は広そうだ。

建物を回り込むと自動ドアがあり、その前にはだだっ広い駐車場があった。その一角に、コーンとポールで行列整理用の折り返しレーンが作られている。先頭にはご丁寧《ていねい》に『先頭』と書かれたプレートが立っており、その後ろには、

「うわ……」

すでに開店待ちの行列ができていた。早くも十人ぐらいが並んでいる。正直、俺たちが一番乗りなんじゃないかと思っていたのだが、どうやらこの町には俺たち以上に暇な——いや、気合いの入った連中が相当数いるらしい。

そして、ここにもその気合いの入った人が一名いらっしゃる。

「さあ行こうか、花房くん！」

まるでアマゾンの奥地へ繰り出す調査隊ばりに榛子さんは歩き出した。俺も台車を押しつつそれに続く。といっても、ただただ行列の最後尾《さいこうび》につくだけなのだが。

それにしても、俺はいささか心配になってきた。榛子さんが狙っているテレビも、俺の目当ての冷蔵庫も、数量は十台限りだ。すでに並んでいる客たちに残らず買われてしまう可能性は低いとは思うが、決してゼロではない。ちゃんと買えるのだろうか。

と、そんな俺の不安をよそに、最後尾についた榛子さんは楽しげにハミングしながら、肩にかけていたお洒落なトートバッグを開いた。何をするのかと思っていると、なんとレジャーシートを取り出し、その場に広げ始める。

「榛子さんこそ準備万端ですね」

「これぐらい普通だってば」

ちっちと左右に指を振る。

見ると、たしかに行列に並んでいる他の客たちも、腰を下ろせるシートや小さな折り畳み椅子を用意していた。なるほど、こんな朝っぱらから並んでいるだけあって、今行列を成している客たちは皆無口で目つきも鋭い。くぐってきた戦場の数が違うのだろう。……ただ単に眠いだけかもしれないが。

「ま、苦しゅうない。座りたまえよ、花房くん」

「それじゃお言葉に甘えまして」

ぽんぽんとシートを叩く榛子さんに促され、俺は靴を脱いでその隣に座った。

すると、

「皆様、おはようございます」

行列の最前方で、制服を着た男の店員が話し始めた。黒縁眼鏡をかけており、満面に笑みを浮かべている。

しかし、行列を構成する客たちは皆ざわりともしない。むしろ大事な情報を聞き逃すまいと、それまで以上に静まり返る。さすがは歴戦の猛者《もさ》たちだ。

「本日は朝早くからお越しくださいまして、まことにありがとうございます。開店時間は午前九時となります。目玉商品についてですが、午前八時頃に整理券をお配りいたします。あらかじめ広告などでお知らせしておりました通り、お一人様につき一商品のみ、お客様ご自身でのお持ち帰りとさせていただきます。なお、トイレはあちら、建物を回っていただいたところにございます。列から抜ける際は、必ず後ろの方にお声かけをお願いいたします。それでは、今しばらくお待ちくださいませ」

店員はそれだけ言うと一礼し、最後まで笑みを絶やさず去っていった。早朝にもかかわらず、すでに営業モードとは恐れ入る。まさに店員の鑑《かがみ》だ。

「だってさ。頑張ろうね、花房くん」

ただ座って待っているだけなのに何を頑張る必要があるんだ？　と思うものの、もちろん榛子さんの言葉に否《いな》やがあろうはずもなかった。雨が降ろうが槍《やり》が降ろうが、この場を死守しようと心に決める。

スマートフォンの画面を確認すると、時刻は午前七時を十分ほど過ぎていた。

しかし、だ。

改めて考えてみれば、ただ待つという行為は、それはそれで結構辛《つら》いものかもしれない。俺が退屈するだけならまだいいが、榛子さんを退屈させてしまう事態は絶対に避けなければ。何か榛子さんの興味を引けるような、小粋かつウィットに富んだ話題はないだろうか。

借りたうちわ——もう一本用意してきてくれたらしい——でぱたぱたやりながらそう思案する俺だったが、そこについても榛子さんに抜かりはなかった。

「ところで花房くん、お腹空いてない？」

「空いてますね」

朝は何も食べてこなかった。整理券を手に入れたあと、開店までの間にどこかに食べに行ければいいか、くらいに考えていたのだが、

「そう。ならよかった」

榛子さんはそう言って再びバッグを開くと、今度はバスケットを取り出した。

「じゃじゃーん！　実はお弁当を作ってきましたー！」

「ま、まじですか！」

蓋《ふた》を開けると、中身はサンドウィッチだった。

「さ、どうぞ召し上がれ。お口に合うといいんだけどね」

「い、いただきます」

なんたる僥倖《ぎょうこう》。まさか榛子さんの手作り弁当が食べられようとは。

俺は両手でサンドウィッチを取ると、一口頰張った。

カツサンドだった。ふわふわのパンの間には、さくりとした衣《ころも》に包まれたやわらかくジューシーなロースカツが挟まれている。味付けはソースではなく塩と、ぴりりと香ばしい黒胡椒《くろこしょう》だ。新鮮な千切りキャベツの歯ざわりがまた嬉《うれ》しい。

俺は思わず目を覆《おお》った。

「うわ、どうしたの花房くん。もしかして美味《おい》しくなかった？」

「いえ、すみません。なんかもう、感動のあまり思わず涙が」

「ほんとに？ そっかあ。そこまで喜んでくれるなんて、正直ちょっと引いたよ」

「前後の文脈おかしくないですかね」

そう突っ込みながらも、俺は手にしたサンドウィッチを夢中で食べ尽くしてしまった。

「驚きました。榛子さん、料理上手なんですね」

「やだなあ、これぐらいで。そんなことないってば」

榛子さんもカツサンドを手に取る。謙遜《けんそん》するところがまたいじらしい。

「でも嬉しいよ。実はわたしの一番好きなメニューなんだ。あ、それに安心して。これでわたしのテレビと、花房くんの冷蔵庫は手に入ったも同然だから」

「なんでですか？」

「カツサンドを食べて勝負に勝つってね！」

たしかに目当ての商品の整理券をゲットできるかどうかは運次第なので、ある意味勝負なわけだが、まさかそこまでの意気込みとは思わなかった。

「あの榛子さん、訊いてもいいですか」

「なに？」

「いや別に大したことじゃないんですけど、なんでそこまでテレビが欲しいんですか？」

サンドウィッチを食べながら、榛子さんはきょとんとした。咀嚼《そしやく》し、飲み込んでから、

「だって花房くんも観るでしょ？　テレビ」

さも当然とばかりに言う。が、

「いやあ、あんまり」

と俺。

「まあテレビ自体は家にありますけど、ほとんど観てないですね。なんとなくつけてることはあっても、ただ流してるだけっていうか」

「ふーん、そうなの？」

榛子さんは意外そうに目をしばたたかせた。むしろ、そこまでテレビを楽しみにしているほうが俺には驚きなのだが。

「何か観たい番組があるんですか？」

「もちろん！」

ふむ、榛子さんが楽しみにしている番組とは一体何だろうか。本命ドラマ、対抗バラエティ、大穴でアニメというところか。

しかし、俺の予想はまるで外れていた。

「そうだね。とりあえずはニュースかな」

「ニュース？　そんなのネットで見れば充分じゃないですか」

俺がそう言うと、榛子さんは小首をかしげ、

「でもそれだけだと、どうしても自分の興味のあるものばかり見ちゃうからね」

「それじゃだめなんですか？」

「別にだめってわけじゃないけど。……なんていうのかな。価値観とか世界観が広がらない気がしちゃうんだよね。多様な視点を持てないっていうか」

「多様な視点」

「そう。でもテレビだと、自分の興味のないことも放送してくれて、そこのところが絶妙に不自由でちょうどいいんだよ」

「はあ」

絶妙に不自由とは、また榛子さんらしい物言いではある。

「それにさ、ネットって近頃、どこもかしこも〝味が一緒〟って感じがしない？」

「味？」

と、訊き返しながらも、俺は榛子さん謹製《きんせい》のサンドウィッチをもりもり食す。今食べているのはタマゴサンドだ。潰したゆで卵とマヨネーズの旨味に、からしの風味がいいアクセントになっている。

「例えば、最近はSNSでちょっと毛色の違うことを言うと、あっという間に反対意見の人に叩かれて、もう本当に自由な発信なんてできなくなってるでしょ。だからみんな、多かれ少なかれどこかで読んだようなことしか書かないし、同じようなことでしか盛り上がらないし、あんまりおもしろくないんだよね」

「ふむ」

「昔は、ネットってご当地オンリーの薄暗い食堂みたいだったのに、今はもう全国どこでも同じ味のチェーン店みたいになっちゃった。もちろんチェーン店はチェーン店で悪くないよ？　ただ、それだけっていうのも寂しいよね」

「まあ、言われてみりゃそうかもしれませんね」

このサンドウィッチも、榛子さんの手作りだからこその味わいだ。これがコンビニの市販品になったりしたら、あまりにも寂しい。

俺の同意に気をよくしたのか、榛子さんは腕を組んで頷《うなず》いた。

「まあ耳タコな物言いかもしれないけど、きっとこれはネットっていうツールの問題じゃなくて、それを扱う人間のほうの問題なんだよね。身の回りのものばっかり進化させるんじゃなくて、人間はそろそろ自分たちが進化しないといけない。わたしはそう思うな」

「進化ですか」

……なんだか大仰《おおぎょう》な話になってきたな。

俺が身構えると、榛子さんは、そうだなあ、と首をかしげ、

「具体的には、とりあえずもうちょっと他人に優しくなる、とかね」

拍子抜けする。……今度はいきなり卑近《ひきん》になったな。

が、榛子さんは指を振り振り続けた。

「優しさは大事だよ。もちろん何をされてもへらへらしてろなんて言わない。でもね、近頃はちょっとした間違いや行き違いも許さない——なんていうか、履《は》き違《ちが》えてる人が多い気がするんだよね。優しさは強さの裏返し。他人を許容できるのは、それだけ自分が強い証拠なのに。どうして神様があれだけ寛容でいられるか知ってる？　それは自分が世界で一番強いって知ってるからだよ」

「はあ。俺はむしろ神様って容赦《ようしゃ》ないイメージありますけどね」

榛子さんは笑った。

「とにかく、人間はもう少し優しくならなくちゃ。そう、できれば神様の次くらいに」

「それが人間の目指すべき進化の目標ってわけですか」

「そういうこと！」

ふむ、と俺は感心半分呆れ半分で頷いた。まさか家電量販店の行列から、人間の進化にまで話が広がるとは思わなかった。

「花房くん、お茶飲む？」

「あ、ありがとうございます」

榛子さんは水筒から麦茶を注いで渡してくれた。俺はそれを受け取ってあおる。よく冷えていて、渇《かわ》いた喉《のど》に染み入るようだ。

優しさ、か。

「まあでも、言わんとすることはなんとなくわかりますよ。実際、榛子さんは優しいですしね」

「そう?」

「そうですよ。そこへいくと俺なんて、毎日しょうもないことに苛々しっぱなしですからね。正直、耳が痛いです」

俺が頭を掻くと、榛子さんは小首をかしげ、

「んー、そんなことないと思うけどな。花房くんは優しいよ。そうだね。小噴火を繰り返して大噴火の被害を回避してる、活火山みたいな健気《けなげ》さだね」

「どういう譬《たと》えですか」

榛子さんは肩を揺らし、

「そもそも何をしても怒らない、なんて人もそれはそれで信用できないしね。結局、何に対してどう怒るのかが大事なんだから。ちなみに花房くん、最近一番腹が立ったことって何?」

一番最近だと、昨日の朝落ちていたガムを踏んでしまった件になるが、それではあまりに情けない。何か適当なことはなかったかと考えて、

「あー、たぶんあれですね。押尾《おしお》が車の運転中、警察のねずみ取りに捕まった件ですね」

「ふーん、押尾くん切符切られたんだ? っていうか、なんだ、やっぱり優しいじゃない。押尾くんのこと気にかけてあげるなんて」

「いや、別にあいつがねずみ取りに捕まろうが、ねずみ講に勧誘されようがどうでもいいんですよ。俺が腹立ったのは、そのときの警察のやり口です」

「どういうこと?」

押尾は俺と同じゼミの同級生である。馬が合わないことこの上ないのだが、先日、その押尾からこんな話を聞かされたのだ。

俺たちが通う大学のそばに踏切がある。車を運転していた押尾は、その踏切の手前で一時停止をしなかったらしい。すると踏切を渡った途端、死角になっていた茂みからパトカーが飛び出してきたそうだ。待ってましたと言わんばかりの勢いで、あとはお決まりの、道の端に停車させられて罰金コースだ。

「それを聞いて俺は心底思ったわけですよ。そんな茂みの中からこそこそ騙《だま》し打ちするような真似しないで、もっと堂々と見張ってろよ、ってね」

口にしているうちにまたむかむかと腹が立ってきた。そんな俺に、榛子さんは苦笑する。

「まあ警察も突き詰めればサラリーマンだからね。やっぱり暗黙のノルマとかあるんだろうし、成果を出すためにはそういうやり方も仕方ないんだと思うよ」

「それはわからないでもないですけどね。じゃあ警察は、その場で人が殺されそうになってもじっと隠れて見てて、殺されたあとで出てくんのかって話ですよ。そんなことするわけないじゃないですか。なのに交通規則のほうはきっちり違反し切るまで隠れて見てる、そのダブスタ根性が俺は気に入らないわけです」

「うーん、なんかちょっと屁理屈っぽくない？」

「屁理屈だって理屈です。小利口者も利口者ですし、スモモもモモも桃のうちなんです」

「花房くん、朝から元気だね」

保育園児の相手をするみたいに言わないでもらいたい。まあ、榛子さんが退屈していないようなので結構なことなのだが。

腹ごしらえを終えた俺は、手を合わせた。

「ごちそうさまでした。本当に美味《うま》かったです」

「いえいえ、おそまつさまでした」

ちょうどそのときだった。行列の先頭のほうから声が聞こえてきた。

「お待たせしました。ただ今より整理券をお配りいたします」

4

やってきた店員は、今度は一人ではなかった。さっきの男の店員と一緒に、キャスター付きの大きなボードを押した女の店員がいる。ボードには、どうやら本日の目玉商品が載った広告が貼られているらしい。

店員は宣言通り、先頭から順番に整理券を配り始めた。行列はにわかに活況を呈する。もちろん俺たちもテンションが上がった。唯一懸念《けねん》があるとすれば、目当ての商品——榛子さんはテレビ、俺は冷蔵庫——が品切れになってしまうことだが……。

やがて俺たちの順番が回ってきた。店員が笑顔で訊いてくる。

「ご希望の商品はどちらですか？」

「テレビをお願いします」

「冷蔵庫を」

はたして神は微笑《ほほえ》んだ。店員はリクエスト通りの整理券を手渡してくる。俺は小さく安堵《あんど》の息をついた。

「裏に注意書きがありますので、そちらもご確認ください」

整理券は名刺大の白い紙で、表には商品名だけが書かれていた。裏返してみると、たしかに小さな字で注意書きが並んでいる。内容は大したものではなかった。本券は当日の午前十一時まで有効。他者への譲渡《じょうと》は禁止。まあ基本的なことばかりだ。

「よし」

念願の整理券を手に入れ、榛子さんはぐっとこぶしを固める。しかしふと、あ、と声を出すと、

「でもあの店員さんたち、ちょっと不親切だったね」

と言った。

「どこがですか？」

訊き返したものの、榛子さんはそれに答えず、ただ肩をすくめているばかりだ。俺は首をかしげた。

さて。

整理券は配られたものの、俺たちより前に並んでいる客に目立った動きはなかった。まあ開店まであと一時間しかないし、皆このまま待機するつもりなのだろう。かくいう俺たちもすでに朝食は終えたし、差し当たって用事もない。いちいち移動するのも面倒だし、このまま列に並んでいるのがベターか。そんなことを考えながら何気なく後ろを振り返って、俺は仰天した。

ほんの三十分ぐらい前まで、俺たちの後ろにはせいぜい数人しかいなかったはずだ。しかし今はもううじゃうじゃと、それこそ百人近い客が幾重《いくえ》にも折り返しつつ行列を作っているではないか。——などと言っている間にも、今もまた別の客がその最後尾についた。

「この時間でこの様子なら、きっとまだまだ増えるよ」

「え?」

どうやら榛子さんはこうなることを見越していたらしく、動じた様子もなく言う。

「花房くんは、開店時刻が九時なら、何時頃に着くようにする?」

「そりゃまあ、開店の十分前ぐらいですかね」

あ、そうか。ほとんどの客が、その時刻に合わせてやってくるとしたら——

「そう。開店時刻が近づけば、たぶんもっと人が増えるだろうね」

榛子さんの言う通りだった。

開店まで三十分を切った八時半過ぎになると、もはや訪れる客の姿が途切れなくなった。行列に並んでいる人数は、すでに三百、いや、四百人以上はいるのだろうか？　とても数え切れない。行列に一部のスペースを割いてもなお広かった駐車場もとっくに満車で、係員が付近の有料駐車場へ向かうよう誘導している。

そして人が密集すれば、その場の温度は自然と高まる。まして集まっているのは、新店舗の開店に足を運ぶぐらいに熱量を蓄《たくわ》えた客ばかりだ。太陽もいよいよ景気よく照り始めていて、暑苦しいことこの上ない。俺はシャツの襟《えり》を引っ張って風を送り込んだ。

そのときだ。後ろのほうが急に騒がしくなった。

「ん？」

振り返って首を横に伸ばすと、およそ十人ぐらい後方の客たちが、何やら慌てているのが見えた。彼らは六十代ぐらいとおぼしき女性客に声をかけている。短い髪に紫のハイライトカラーを入れたその女性客は、気分が悪そうに座り込んでいた。

「もしかして熱中症ですかね」

「みたいだね」

俺と同じく後ろを見ていた榛子さんも、心配そうに眉をひそめる。

そこへ誰かが知らせたのか、店員が駆けつけてきた。女性客に手を貸し、行列の外へと誘導する。女性客はふらつきながらもちゃんと自分の足で立ち上がり、店員とともにゆっくり店舗のほうへ歩いていった。とりあえずは事なきを得たようで、榛子さんや俺を含め、行列客の間に漂っていた緊張が、ふう、とゆるむ。

　その後しばらくすると、今度は先頭のほうから耳障《みみざわ》りなハウリングが聞こえてきた。見ると、店員が拡声器を手に立っている。音量を確かめてから話し始めた。

「えー、皆様、大変お待たせしまして、まことに恐れ入ります。本日、早くも気温が高くなってきております。ご気分が優れないお客様は決して無理をせず、すぐにスタッフのほうまでお申し出ください。なお現在、六百名ほどのお客様が並ばれています」

　驚愕した。そんなにいるのか。

「このあとも、まだまだ多くのお客様のご来店が予想されます。ですので、恐れながら入店制限を設けたいと思います。あらかじめご了承くださいませ」

　入店制限？

　俺が首をかしげると、榛子さんが言った。

「一定の時間を置きながら、少しずつお客を店内に入れていくんだよ。こんな人数がいっせいにフロアになだれ込んだら、パニックになっちゃうから」

「ああ、なるほど。たしかに」

　俺の納得をよそに、店員は説明を続ける。

「時間になりましたら、五分ごとに二十名様ずつのご入店とさせていただきます。――それでは、開店まであと二十分少々ですので、今しばらくお待ちくださいませ」

いよいよという雰囲気が辺りに満ち、行列客たちはいっせいにそわそわと昂《たか》ぶり始めた。かくいう俺もその例にもれなかった。……そろそろ開店に備えておいたほうがいいのかもしれない。

「榛子さん、すみません。俺ちょっとトイレに行ってきます」

「うん、行ってらっしゃい。まだ時間もあるし、慌てなくていいからね」

だから保育園児相手みたいに言わないでもらいたいのだが。

ちょっとした異変は、俺が手洗いを終えて行列に戻ろうとした、その途中で起こった。

建物の外側に設けられたトイレから出たところで、いきなり声をかけられたのだ。

「あの、お兄さん」

「ん?」

「こっちです。こっち」

周囲を見回すと、手招きしているのは中学生ぐらいの女の子だった。ワンピースにサンダルという涼しげな恰好をしている。つやつやとした黒髪が、浅く日に焼けた丸い肩にかかっていた。口元に浮かべた柔和な笑みが、どことなく榛子さんを思わせる。

「……俺?」

俺は右を見て、左を見て、それから自分を指差した。

「うん」

少女は物怖《ものお》じする様子もなく頷いた。

「お兄さん、行列の前のほうに並んでた人ですよね」

「そうだけど」

「一緒にいたのって彼女さんですか？」

真正面からいきなりセンシティブかつクリティカルなことを訊かれ、俺は仰《の》け反《ぞ》りそうになってしまった。

「い、いや違うけど。……残念ながら」

ぼそぼそと答えると、

「え、本当ですか？　二人でお弁当食べたりして、あんなに仲良さそうだったのに？」

……どうやら目立っていたらしい。まあそりゃそうか。

さすがに気恥ずかしさで口をもごもごさせる俺に、少女はくすくす笑った。

「何を買うんですか？」

「は？」

「だから、お兄さんは何を買うために行列に並んでるんですか？」

あまりに無邪気に訊くものだから、俺は思わず答えていた。

「冷蔵庫だよ」

「彼女さんは？」

「あー、テレビだな」

というか、彼女じゃないが。

「ふうん。そうなんだ」

少女は頷く。どうしてそんなことを訊くのか、と首をかしげた俺ははっとした。まさか俺たちの整理券を狙ってるのか？

「違うよ。そうじゃないってば」

俺がさっと身を引いたことから、すぐにこちらの考えを察したらしい。少女は手を振ると、

「だってあたしも持ってるもん」

言葉通り、ワンピースのポケットから自分の整理券を取り出した。ぱっと見だが、間違いなく本物だ。なんだよ、と俺は拍子抜けし、それから我に返った。

「っていうか、俺はそろそろ列に戻るぞ。もうすぐ開店だし」

「そうだね。うん、ごめんなさい突然」

少女はそう言って、ぺこりと小さく頭を下げた。

俺は首を捻《ひね》りながら踵《きびす》を返したものの、少し進んでからふと気になり、もう一度背後を振り返ってみた。

たった今までそこにいたはずの少女の姿は、すでに影も形もなくなっていた。

「おかえり。ずいぶん長かったね。トイレ混んでたの？」

「あーいえ、全然」

「……あ、そっか。ごめんね。人間だものね。長くかかる場合だってあるよね」

「いや違うからして」

行列に戻った俺は、たった今遭遇したばかりの、文字通り狐につままれたような出来事を榛子さんに説明した。

「まあ、なんだか変な子でしたね」

周囲に目をやると、皆そろそろといった感じでおもむろに立ち上がったり、荷物をまとめたりしている。スマートフォンの画面に表示されている時刻は八時五十分。あと十分で、ようやく待ちに待った開店だ。

が、

「花房くん」

榛子さんが俺を呼んだ。「はい？」と返事をしながら目をやると、榛子さんは口元から笑みを消し、これまでに見たことがないような真剣な表情を浮かべていた。しかし、その目は俺のほうを見ていなかった。まっすぐ宙を――まるでそこに俺には見えない映像でも浮かんでいるかのように――じっと見据《みす》えていた。

「その子、今どこにいるかわかる？」

「え？　さあ。すぐにどこかへ行ったみたいですけど」

「どこかへ行った……」

榛子さんは呟《つぶや》き、突然すっくと立ち上がった。驚いて顔を上げた俺を見下ろしながら言う。

「花房くん。悪いけど、ちょっと案内してくれる？　その女の子に会ったところに」

「ち、ちょっとちょっと榛子さん、どうしたんですかいきなり。開店まであと五分ですよ？」

後ろの客に声をかけ、行列から出た俺たちは、ついさっきの場所まで戻ってきた。しかし例の少女の姿は、やはりもう見当たらなかった。

俺が声をかけても、榛子さんはこちらを一顧《いっこ》だにしない。その場できょろきょろしていたかと思うと、いきなり、だっ、と駆け出した。さすがは榛子さん、まるでアスリートのごとき美しいフォーム――って見惚《みと》れてる場合じゃない。俺もすぐにその背を追う。

榛子さんは店舗の敷地から歩道に飛び出していた。素早く左右を見渡すと、あ、と声を上げる。

「もしかしてあの子？」

榛子さんが指差した先には、あの少女とおぼしき後ろ姿があった。

「あー、たぶんそうですね。けど――」

追いついた俺の返事を聞くやいなや、榛子さんは再びすっ飛んでいき、少女の背中に声をかける。

「ねえ、ちょっと待って」

少女は振り向いた。榛子さんを見ると首をかしげたが、その後ろに俺を見つけ、えっ、と目を見開く。

「お兄さん、彼女さん連れてきちゃったんですか？　どうして」

いや、どうしてと訊かれても……。

答えられない俺に代わり、榛子さんは笑みを浮かべて言った。

「あなたに話があったからね」

「話？」

「そう」

頷き、榛子さんはこう続けた。

「あきらめなくていいよ。あなたが買えなくなっちゃった商品は、わたしがなんとかしてあげる」

5

その途端、少女はうつむくと決まり悪そうに小さな肩を縮《ちぢ》めた。それだけで、榛子さんの言葉が真実であるとわかった。

が、

「あの、待ってください。一体どういうことですか」

それでもわからないことはある。いや、むしろ俺にはわからないことだらけだと言っていい。

「この子は整理券を持ってるんですよ？　それなのに、どうして商品が買えないなんてことになるんですか。……まさか、金を持ってないってことですか？」

「わざわざ行列に並ぶんだから、お金は持ってくるでしょ普通」

榛子さんは事もなげに言ってのけた。そりゃそうだ。

しかし、それなら商品が買えないというのはどういうことだ？　そして、どうして榛子さんにそんなことがわかるんだ？

「花房くん。整理券の裏に注意書きがあったよね」

「はあ。ありましたね」

「見てごらん」

言われるままに俺は自分の整理券を取り出した。表には商品名が書かれているだけだ。引っ繰り返して裏を確認してみるが、やはりこちらにも気になるようなことは書かれていない。本券は当日の午前十一時まで有効。他者への譲渡は禁止。それだけだ。

これが？　という顔をすると、

「考えてごらん」

榛子さんは人差し指を立てた。

「朝から行列に並んで、首尾よく整理券を手に入れた。でも、例えば何か急用ができて行列から出なきゃいけなくなったとしたら、花房くんならどうする？」

「そりゃ列から抜けますよ。整理券持ってるんだし、用事を片づけて、またあとから来りゃいいんですから」

「当然そう考えるよね。でもね、実はそれが落とし穴なんだよ」

「落とし穴？」

「さっき店員さんがなんて言ってたか、憶えてる？」

さっき？　というと、客がひっきりなしに訪れるようになり、行列に並んでいる人が数え切れなくなったときのことだろうか？　そのときに店員は何と言っていたか。

「あっ」

俺は思わず大きな声を出していた。……そうか。そういうことか。

「入店制限ですか」

「正解」

榛子さんは頷いた。

「そう。店員さんは入店制限を設けるって言ってたよね。具体的には、開店から五分ごとに二十人ずつ。でもそこに書いてある通り、整理券は午前十一時までしか使えない」

開店の九時から十一時までには、二時間の余裕がある。しかし店員いわく、すでに行列は六百人に及ぶということだった。

となれば、あとは簡単すぎる算数だ。

整理券の有効期限である午前十一時までに、店には四百八十人しか入れない。

「じゃあ、今から行列の最後尾に並んだら」

「有効期限を過ぎるから、整理券は使えないんだよ。まあ目当ての商品が入店するまで残っていればいいけど、さすがにそれも難しいだろうし。そもそも整理券にナンバーを振っておいて、その順番で優先的に入店できるようにしていないのが問題なんだけど」

「でも、そんなのっておかしくないですか。せっかく行列に並んで整理券をもらえたのに、そんな理由で目当ての商品が買えないなんて。せめて店員はこうなる可能性を説明しとくべきだったんじゃ……」

「だね。だから不親切だって言ったんだよ」

そうか。すでにあのとき榛子さんは、開店時刻が近づけば近づくほど加速度的に客足が増えることも、その結果、入店制限が設けられ、一度行列から出て並び直すと、整理券の有効時間内に入店できなくなるかもしれないことも想定していたのか。

少女は消沈した様子で言った。

「お父さんとお母さんから、自分で列に並べるなら好きなものを買っていいって言われて、あたし、今日は一人で行列に並んでたんです。でも朝からずっと立ちっぱなしで、だんだん気分が悪くなってきて……。だから整理券をもらったあと、近くのファーストフード店で休もうと思って列から抜けたんです」

たしかに今日は朝から暑かった。もし何の準備もなく長時間並んでいたとすれば、そうなっても無理からぬことだ。

「でも体調が持ち直して戻ってきたら、行列がすごい人数になってて……」

俺は眉をひそめ、少女に訊いた。

「けどさ、列を抜けるとき、後ろの客に声をかけなかったのか？」

トイレなどで行列を抜けるときにはそうしろ、と店員の注意があったはずだ。

「俺たちだって今まさにそうやって行列の外に出てきてるんだし、それなら多少長く空けてたって、また元の場所に入れてもらえるんじゃないか？　もし声をかけてなくたって、すぐ後ろにいた客ならこっちの顔とか服装ぐらいなんとなく憶えててくれてるって」

「それが……」

言いにくそうにする少女の言葉を、榛子さんが引き取った。

「ひょっとして、声をかけたはずの後ろのお客さんが見つからなかったんじゃない？　そのせいで、自分が戻るはずの場所がわからなかった」

その言葉に少女は顔を上げ、目をしばたたかせながら、こくりと頷いた。驚かされたのは俺も同じだ。……どうして榛子さんにそんなことがわかるんだ？

そんな俺の疑問は、次の榛子さんの質問でたちまち氷解した。

「それって女の人じゃなかった？　たぶん六十歳ぐらいで、ショートヘアに紫のハイライトが入ってる」

「あ、そう！　その人です！」

「あっ！」

さっき気分が悪くなって店員に連れられ、行列から出ていった女性客だ。あの人が、この少女の後ろに並んでいた客だったのか。

「なら、これで戻る場所はわかったわけだから、なんとかなるんじゃないですか？」

俺はそう言ったが、榛子さんは難しい表情で、

「……どうだろう。すぐ後ろじゃなくて、さらにその後ろのお客さんたちは、きっとこの子の顔や服装を憶えてないと思う。すんなり入れてくれるかな」

たしかに俺も、自分の一つ前よりさらに前の客たちの容姿なんてわかる気がしない。そんなところに来られて、ここに並んでいた者だから入れてくれ、と言われても……正直、考えてしまうかもしれない。

どうやら少女もそれを危惧《きぐ》していたらしい。一言もなくうつむいていた。

俺は頭を掻く。榛子さんと俺が並んでいた場所に入れてあげようにも、俺たちが二人連れであることはばっちり目立っていたようだし……。

「じゃあ、こういうのはどうですか。整理券と金を行列の前のほうにいる誰かに渡して、ついでに買ってきてもらうとか」

「無理だよ。整理券は一人一枚しか使えないもの」

「そんなのレジの店員にはわかりゃしませんよ。一つ買ってから、またしれっと別のレジに並べば」

「ううん、わかるんだよ」

榛子さんは首を横に振った。

「今回の目玉商品は、テレビ以外はどれもいわゆる白物家電——エアコンとか冷蔵庫みたいな大型家電ばかりでしょ？　それも全商品、お客さん自身での持ち帰りオンリー」

ああ……。俺は再び気づかされた。

つまり、一度目玉商品を買った客は、その大型家電を持ち帰らなくてはならないわけだ。そんなものを持ってもう一度レジに並ぼうものなら、問答無用で叩き出されるに決まっている。車などに運び込んでから戻ろうと考えたところで、一度店の外に出てしまえば、再び入店するにはまた行列の最後尾に並ぶしかない。

ぴんときた。

「そうか。だから、ぱっと見ですぐに二人連れだってわかった俺たちに声をかけたのか」

俺がそう訊くと、少女は小さく頷いた。

二人連れなら、もしかすると目当ての商品は一つだけで、どちらか片方はただの付き添いの可能性があるからだ。榛子さんは、少女の目的がそれだと気づいていたのだろう。

「ごめんなさい。でも、もういいの」

あきらめたように少女は言う。

しかし俺は、目の前の理不尽な状況に、苛々する気持ちを抑えられなかった。もちろん俺にとっては他人事《ひとごと》だ。それはわかっている。わかっているが……ああくそ、だめだ。やっぱり受け流せないものは受け流せない。せめてあと三十分も時間があれば、少女が元いた場所の周りの客を説得するなり、店員に融通をきかせるよう頼むなり、前のほうにいる他の二人連れ以上の客を探すなりできただろう。しかし開店まですでに五分を切っていて、いよいよ行列は動き始めてしまう。その最中に列の外に出ていたら、俺はまだしも、最悪、榛子さんまで目当ての商品を買い逃してしまうかもしれない。

それなら、この状況をなんとかする方法は――

「大丈夫」

不意に、榛子さんの優しい声が耳に入ってきた。

そして。

次に榛子さんが取った行動は、あるいは俺のためではなかったかと思う。なぜなら俺もまったく同じことを考えていたからだ。だからこそ、榛子さんはそうしたのではないだろうか。俺からその選択肢を奪うために。

榛子さんは、おもむろに自分の整理券を取り出すと、それを勢いよく引き裂いた。

「うわ！　ちょっと何やってるんですか、榛子さん！」

俺はわめいたが榛子さんは取り合わなかった。にっこり笑って少女に手を差し出す。

「さ、あなたの整理券を出して。わたしが代わりに買ってきてあげるから」

「で、でも、お姉さん……」

目を丸くする少女だったが、ほらほら、と榛子さんに促され、やがておずおずと手の中の整理券を差し出した。

受け取った榛子さんはそれを見て、ぱっと表情を明るくする。

「わ、これはお目が高い！　見てごらん、花房くん！」

顔を寄せてみる。

少女の整理券に書かれていた商品名は、テレビだった。

6

午前九時十五分。

俺たちはがらがらと音を立てつつ、台車でテレビと冷蔵庫を店の外に運び出した。駐車場の端に少女の両親が車を回していたので、それに獲物を積み込んでやる。恐縮しながら礼を言う両親のそばで、相変わらず申し訳なさそうにしていた少女だったが、榛子さんがもう一度優しく頷くと、最後には笑みを浮かべた。

「ありがとう、お姉さん、お兄さん！」

「気をつけてね」

榛子さんと俺は、ワンボックスで去っていく少女を見送った。

「とってもいい子だったね」

榛子さんはご満悦だ。しかし、俺はやはり納得がいっていなかった。理由は簡単で、結局、榛子さんだけが貧乏くじを引いたような気がするからだ。

――優しさは大事だよ。

榛子さんのその言葉は、たしかに正しいのかもしれない。

それでも、

「……榛子さん、いくら何でも恰好よすぎですよ」

俺はぼやくように言った。

やっぱり俺は、榛子さんのようにはいかない。あちらを立てたために、こちらが立たなくなった。頭がよくて優しい、この人だけが損をした。そんな理不尽が、どうしたって許せないと思ってしまう。

振り返った榛子さんは、俺をじっと見た。ややあってから口の端を上げ、

「やっぱり、花房くんは優しいね」

「どこがですか」

俺の質問には答えず、なぜか機嫌がよさそうに小首をかしげ、でもね、と続けた。

「ほんとにいいんだよ。わたしは損なんて一つもしてないしね。だって、目的はちゃんと十二分に達したんだから」

「いやいやいや、それこそどこがですか。俺はともかく、榛子さんは結局テレビを買えなかったじゃないですか。あんなに欲しがってたのに」

俺がそう言うと、榛子さんは、困るなあ、と呟きつつ肩をすくめ、

「花房くん。今日、わたしたちはここに何をしに来たんだっけ?」

「テレビと冷蔵庫を買いに来たんでしょ」

「違うってば」

ちっちと左右に指を振って、榛子さんは言った。

「デートしに来たんだよ」

神様の次は無理かもしれないが、それでも榛子さんの次くらいには優しい人間になりたいものだ。

冷蔵庫を載せた台車をごろごろと押しつつ、颯爽《さっそう》と前を歩く彼女の背を眺めながら、俺はそう思ったのだった。

小さいものから消えよ

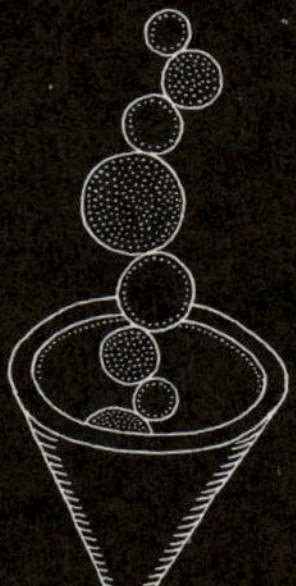

1

　夕飯のあと、同居人の凜堂《りんどう》が唐突に切り出した話題のせいで、僕は危うく流しに運ぼうとしていた茶碗や皿を残らず取り落としそうになった。

「ち、ちょっと待て、星史郎《せいしろう》。なんだって？　ベビーシッターをやる？　今そう言ったのか？」

「ああ、言ったとも。明日の土曜日、一日だけ子供を預かってほしいと頼まれたんだ。事件解決の依頼もないし、ちょうどいいから引き受けたよ」

　食後の番茶を飲みながらあっけらかんと言ってのける凜堂を前に、僕は大きく眉根《まゆね》を寄せた。

　猫に鰹節《かつおぶし》の番をさせる、という諺《ことわざ》を思い出す。要するに自業自得の意であり、過《あやま》ちが起こりやすい状況の譬《たと》えとして使われる。凜堂の日常生活の破綻《はたん》ぶりをまざまざと見せつけられている僕としては、そんな彼に子供の面倒を見させるだなんてシチュエーション、不安にならないわけがない。

「一体どこの誰なんだ？　その迂闊《うかつ》きわまる依頼人は」

「翔子《しょうこ》さんだよ」

「……翔子さん？　乙葉《おとば》翔子さんか？」

「そうとも」

僕の同居人である凜堂星史郎の職業は、何を隠そう探偵である。大学を二年遅れで卒業したあと渡英し、しばらく向こうで活動していたものの、ひょんなことから帰国、大学の同期である僕と、ここ神保町で同居を始めることになった。――それが、まだほんの一ヶ月と少し前の話だ。

その一ヶ月の間に、何の因果か僕たちはマンション放火殺人や大物都議殺害といった事件に出くわし、凜堂はそれらの謎をことごとく解決してしまった。そのことが大々的にメディアで取り上げられた結果、同居人が所有するSNSアカウントのフォロワーは爆増、長身かつさらさらの髪、彫刻のように整ったその見た目もあってか、今や日本のお茶の間でコンサルタント探偵ならぬ《インフルエンサー探偵》などと呼ばれ、一躍時の人となっていた。事件解決の依頼以上に、各メディアへの出演やイベントでの講演、SNSの企業案件といった依頼が殺到し、凜堂も大きな事件の謎を解決できて満足していたせいか、それらのいくつかに喜んで応じていた。

「……君な。仮にも調査が生業《なりわい》の探偵が、顔と名前を売ってどうするんだ？」

「なあに、構いやしないさ。どうせ浮気調査や身辺調査なんて類《たぐい》の依頼は、最初から受けるつもりはないんだ」

そもそも凛堂は自らを、奇妙な事件専門の探偵と謳《うた》っており、僕の呆れまじりの苦言も呑気《のんき》に笑い飛ばすだけだった。

それはさておき、乙葉翔子さんとの交流も、そんなメディアからの依頼の一つがきっかけだった。フリージャーナリストである彼女は、以前、取材の中で知り得た重要な情報を凛堂に提供したことがある。その見返りとして、彼女は凛堂への独占インタビューを勝ち取ったのだ。同居人が正式にメディアの取材に応じた最初の仕事であり、これによって彼女もまた業界内でそれなりに名を売ったらしい。その彼女の依頼ということは、子守りにかこつけて凛堂と関係を繋《つな》いでおこうという魂胆《こんたん》もあるのだろう。

そんな思惑を知ってか知らずか、はたまた最初からどうでもいいのか、凛堂は無邪気な笑みを浮かべて言った。

「心配は無用さ。僕は英国滞在中、姉の子をはじめ、何人もの子供たちのシッターを立派に勤め上げてきたんだ」

「ああ、そういえば前にそんなことを言ってたっけな……」

僕はそう相槌《あいづち》を打ったものの、やはり疑いは拭《ぬぐ》えなかった。本人の証言だけで物事の正しさを担保できるのなら、この世から争いごとは消えているはずである。

とはいえ、だ。考えてみれば、凛堂が一人で出かけてくれるのは、僕にとってはありがたい話なのだった。今でこそ大人しくしているが、このまま事件解決の依頼が何も舞い込んでこなければ、同居人はいつまた暇だ退屈だと騒ぎ始めるかわからない。そうなれば、今度は僕の仕事に支障が生じてしまう。

けれど。

凛堂はこちらへやってくると、飼い主にじゃれようとする大型犬のごとく後ろから僕の両肩に手を置き、言った。

「というわけで、明日は朝一番で出かけることになるから、純《じゅん》もそのつもりでいてくれ」

「は？」

今度は洗っていた食器を取り落としそうになりながら僕は振り向き、

「い、いやいやいや、何が『というわけで』なんだ。どうして僕まで行かなくちゃならないんだよ」

「それはもちろん僕たちが探偵と助手――生まれついた星の下、固く結ばれた運命共同体だからさ！」

「不吉なことを言うんじゃない！　大体これまでに何度も言ってるけど、僕は君の助手になったつもりなんか一度もないぞ！」

「往生際が悪いなあ、純は。まあそれはさておくとしても、しばらく二人で出かけてないんだし、少しぐらいいいじゃないか」

「よくない。僕にも仕事があるんだ」

目の前の洗い物に戻りながら、休日出勤する父親のような台詞《せりふ》を返すと、凛堂は小さく鼻を鳴らした。どうせお預けを食らって拗《す》ねる犬のような顔をしているに決まってる。そう思って

いると、

「そんなこと言って、どうせ翁長《おなが》さんから依頼された原稿は、まだ手付かずのままなんだろう」

「ぐ」

ずばり言い当てられ、僕はうめいた。

僕――月瀬《つきせ》純の職業は推理作家である。しばらく新作を上梓できていなかったものの、凜堂との付き合いが始まってからは、凜堂とともに出くわした事件の顚末《てんまつ》を小説に書き起こし、ありがたいことに継続的に誌面に発表させてもらっている。話題の探偵の実名小説とあって評判はいいらしく、担当編集者の翁長さんもほくほくで、

「では月瀬さん、ぜひこの調子で次回の新作短編の原稿もお願いします。締め切りは一ヶ月後で。《凜堂と月瀬》のコンビが登場するミステリであれば、とりあえず内容は問いませんから」

とのことである。ただそれから一週間経ったものの、肝心の原稿はまだ一行も進んでおらず、僕は今日も今日とてエディタを立ち上げたノートパソコンの前で、ああでもないこうでもないと頭を抱えていたのだった。

「前にも言ったけど、どれだけパソコンとにらめっこしていたところで、どうせ書けないものは書けないさ。それならいっそ、思い切って気分転換でもしたほうがよっぽど有意義だよ」

悔しいがその通りかもしれない。それにこの一ヶ月で学んだことだが、どうやら僕の場合、果報は寝て待つものではなく起きて探しに行くものらしい。犬も歩けば棒に当たる、作家も歩けばネタを拾う、といったところだろうか。とはいえ毎度余裕がない中、知らない山に分け入

ってあるとも知れない金鉱を探すような真似をするのは、非常に心臓に悪いのだが……。しばらく悩んだ末に洗い物を終えた僕は、タオルで手を拭きながら盛大にため息をついて言った。

「……わかった。行くよ」

「そうこなくちゃ！」

快哉《かいさい》を叫んだ凜堂は、

「それじゃ純、明日一日よろしく頼むよ。僕は満腹になったからしばらく寝る。おやすみ！」

猫足のソファにごろんと横になると、たちまちすこやかな寝息を立て始めたのだった。

2

翌土曜日、僕たちは午前八時頃に神保町から大塚へと向かった。

依頼人である乙葉翔子さんが息子と二人で暮らす住まいは、駅から徒歩十五分のところに建つマンションの五階にあった。建物そのものは結構年季が入っているが、数年前にリフォームされたばかりらしく、１ＬＤＫの内装は綺麗で住み心地がよさそうだった。

「凜堂くんに月瀬くんまで、わざわざ悪いわね。いつも頼んでる夜間保育園が急に閉まっちゃって、本当に困ってたのよ」

乙葉さんは三十代の女性だ。長い黒髪をアップにまとめ、カワサキのニンジャを駆って取材現場に向かう様は、まるで豹《ひょう》を思わせる。ただ今日は自宅で、しかも子供が一緒だからか、玄関で出迎えてくれた様子には、そんないつもの印象は見られなかった。というより、むしろこちらこそが本来の姿なのがもしれない。

「お疲れ様です。乙葉さんこそ土曜なのに大変ですね」

フリーランスの辛《つら》いところだろう。僕も同じ境遇なので、身に染みてよくわかる。乙葉さんは苦笑し、

「まあね。けど、今取材中の案件がちょっとおもしろいことになってきたから、どうしてもほかの人間に任せたくないのよ」

「そうなんですか?」

「ええ。あるマンションの建設予定に対して、景観が著《いちじる》しく損なわれるって理由で、近隣住民が反対運動を起こしたの。団体を結成して、反対理由の正当性を示すために、三人の有識者――NPO法人の代表と建築家、郷土史家を担ぎ出して、完全に臨戦態勢。もちろん業者側も、建設に当たって条例や市の審議はクリアしてるけど、無理矢理進めてトラブルになるのも困る。結局そのマンションを買うのは地元の人間だし、とりあえず何度か説明会を設けたんだけど、まあ近隣住民側は聞く耳持たずで」

「はあ」

正直よくある話に思えた。僕が生返事をすると、乙葉さんは肩をすくめ、

「ただ業者側もさるものでね。団体の後ろ盾になってた有識者たちから切り崩しにかかったわけ。彼ら一人ずつに声をかけて、お金で懐柔し、順番に団体を抜けさせていったの。そうなると、さすがに専門知識のない住民たちの不利は否《いな》めないわよね。最後は団体側が折れて、業者は無事着工に漕ぎつけたらしいわ。――で、このたび、一番最初に懐柔されて団体を抜けた郷土史家本人から、直接話を聞けることになったのよ」

「よくそんな人が取材を受けてくれましたね」

さすがに驚いた。最初に団体を抜けたということは、いわば真っ先に住民側を裏切ったわけで、本人にとって不名誉な話なのではないだろうか。

「それがねえ」

ここからが本番だ、とばかりに乙葉さんは笑みを浮かべ、

「業者側はどうも、次に抜けたNPOの代表には六十万円、さらにその次に抜けた建築家には八十万円も積んだらしいのよ。でも件の郷土史家には、娘の結婚のお祝いという名目で十万円だけだったの。その事実をぶつけたら、自分が一番の小物と値踏みされたことにいたくプライドを傷つけられたみたいでね。業者側のやり口がいかにあくどいものか、何もかもぶちまけてやるって息巻き始めたってわけ。……どう？　興味深い記事が一本書けそうじゃない？」

僕は乾いた笑いを返す。ある意味、非常に気の毒な話だ。

「って、ごめんごめん。朝からする話じゃないわね。こっちよ」

乙葉さんも再度苦笑すると、僕たちをリビングへと招いた。

彼女の子供は乙葉蓮音《れのん》というそうだ。くるくるとした天然パーマの五歳の男の子で、朝食を終えたばかりだったらしい彼はテーブルに着いたまま、突然現れた大の男二人に硬い表情を浮かべていた。

けれど、

「実にいい名前じゃないですか。音楽的素養にあふれていること請け合いだ」

凜堂は遠慮なくそのそばにしゃがみ込むと、さっそく自己紹介をした。

「やあ蓮音、初めまして。僕は凜堂。凜堂星史郎だ。星史郎と呼んでくれ」

蓮音は助けを求めるように母を見る。その母が頷《うなず》くと、少しばかり時間はかかったものの、

「……星史郎くん?」

と、凜堂のことをぶっきらぼうに呼んだ。敬称をつけるぐらいの分別はあり、けれど、さん、とかしこまって呼ぶのも恥ずかしい、そんな子供らしい生硬《せいこう》な呼び方だった。

ただ凜堂は、その呼ばれ方がいたく気に入ったらしく、いいね、と笑い、

「それから、こっちは助手の月瀬だ」

と、僕を紹介した。だから助手じゃないと言うに。

子供と接するのなんて、三年前に帰省したとき、当時三歳だった姉夫婦の娘と顔を合わせて以来だ。正直戸惑う気持ちのほうが強かったが、おっかなびっくりな態度では相手も馴染《なじ》んでくれないだろう。そう思い、なるべくざっくばらんに声をかけた。

「えっと、今日はよろしく、蓮音」

その甲斐《かい》あってか、一応僕のことも認めてくれたらしく蓮音は頷いた。

ほっとしつつ、

「……あの」

少し声をひそめ、乙葉さんに訊《き》いた。

「いくら経験があるとはいっても、凜堂にシッターを任せるなんて、さすがに不安じゃありませんか？」

「そう？　でも凜堂くん、そっちでも結構評判いいみたいよ。英国で彼にシッターを頼んだ人たちが、ぜひまた頼みたいって彼のＳＮＳのアカウントにコメントしてるぐらいだもの」

「そうなんですか？」

意外な評価に驚いた。乙葉さんの凜堂への依頼は仕事上の目論見《もくろみ》あってのことかと思っていたが、案外それだけでもないらしい。

その間にも、凜堂は蓮音とのやりとりを続けていた。

「よし、蓮音。それじゃさっそく君の好きなものや嫌いなものを教えてくれ。ちなみに僕が大好きなものは謎と冒険で、嫌いなものはしいたけだ」

そう訊かれた蓮音は、

「好きなのは……ドラテス」

そう小声でぼそぼそと答える。

「ああ、ドラテスなら僕もやってるよ」

けれど凛堂がそう言って自分のスマートフォンを取り出すと、「えっ、まじ⁉」とたちまち大きな声を上げて食いついた。元来はやんちゃな盛りなのだろう。遠慮なく凛堂のスマートフォンのモニターを覗《のぞ》き込《こ》みながら、

「竜騎兵《ドラグーン》なに持ってる？　ランクとレベルいくつ？」

と、矢継ぎ早に質問を繰り出す。凛堂も気後れすることなく、さっそくステータス画面を呼び出し、それに答えていた。

　凛堂に推理力や観察力以外で認めるべきところがあるとすれば、それはこの、人の懐《ふところ》にあっという間に入り込める能力かもしれない。相手に何と思われようが関係なくがんがん距離を縮め、気づけば警戒網を掻《か》い潜《くぐ》ってしまう取っ付きやすさは、たぶん天性のものだ。……あるいは、ただ精神年齢的に子供と相性がいいだけなのかもしれないが。

　ちなみにドラテスこと《ドラグーンソウル・テスタメント》は、スマートフォン専用のゲームだ。スマホを手に屋外を実際に移動し、遭遇した敵と戦うなどのクエストを達成することでゲームを進めていく、端末の通信と位置情報を利用したシステムになっている。

「お子さんにスマホを持たせてるんですね」

「ええ、来年から小学校だしね。歩いて五分もかからない近所の学校だから心配ないとは思うけど、どうせすぐに持つものだし、この際慣れさせておいたほうがいいと思って」

　蓮音の端末はいわゆるキッズ向けスマートフォンで、特定サイトの閲覧やアプリのダウンロード、動画の視聴やゲームで遊ぶ時間に制限を設けられる見守りアプリがインストールされて

いるらしい。五歳にスマホは早い気もするが、もはや社会生活を送る上で切っても切り離せないツールだ。あえて早めに持たせて、慣れさせておくという方針もありなのかもしれない。

息子と凜堂のやりとりを見て大丈夫そうだと踏んだのか、乙葉さんはフルフェイスのメットを手に取ると、人差し指でちゃらりとキーを回しながら言った。時刻は午前九時前だ。

「じゃあ凜堂くん、月瀬くん、諸々お願いね。食事なんかはメールで伝えた通りに。帰りは十時頃の予定だけど、遅くなりそうならまた連絡するわ」

「了解です。こっちに関しては大船に乗ったつもりでいてください」

僕たちはマンションの下まで降りて、愛車で颯爽《さっそう》と仕事に向かう乙葉さんを見送った。

「それじゃ蓮音、まずは何からしたい？」

凜堂がそう訊くと、すっかり本来の活発さを取り戻した蓮音は、大きな声で返事をした。

「ドラテス！」

3

蓮音のリクエストに応じ、僕たちはさっそくマンションから徒歩五分ほどのところにある公園へと出かけることになった。

ドラテスでは、公園や神社仏閣といった実際のランドマークがクエストの発生スポットに設定され、プレイヤーはそのスポットに赴《おもむ》きクエストをこなすことで新たなクエストを解放することができる。その公園の出入り口近辺も、ボス敵《エネミー》の定期出現スポットになっていて、蓮音は母とそこに出かけ、強い敵を倒して持ちキャラのレベルを上げるのが週末のルーティンなのだそうだ。

その公園は住宅街の中にあった。出入り口には《しじま公園》という石造りの看板が掲示されている。案内板も出ていたので確認してみると、縦長の狭い敷地は南北に延びているようだ。

どうやら近隣住民の憩いの場になっているらしく、公園内にはすでに先客がいた。入ってすぐのところに置かれた木製のベンチでは三十代ぐらいの女性二人が話に花を咲かせ、そのそばで十歳ぐらいの少年二人が遊んでいる。彼らが手にしているのもスマートフォンだ。

「なんか今日のボス個体、いつもよりカタくね？」

「竜騎兵《ドラグーン》、追加召喚すれば余裕でしょ」

その用語まじりの会話からして、やはりドラテスで遊んでいるらしい。蓮音と同じく、このスポットに出現するボスとのバトルが目当てなのだろう。

僕たちが公園に入っていくと、少年たちはこちらを一瞥《いちべつ》しただけですぐにゲームに意識を戻したものの、女性二人はやや訝《いぶか》しげな視線を向けてきた。小さな子供を連れた男二人という取り合わせに不審の念を抱いたらしい。同性同士のパートナーだと思われるのならまだしも、誘拐犯などと思われたりしたらことだ。僕がそんな危惧《きぐ》を抱いていると、

「やあ、おはようございます！　実に過ごしやすい休日ですね！」

と、ここでも凜堂は持ち前の能力をいかんなく発揮し、先手を取って満面の笑みで彼女たちに話しかけた。下手をするとますます不審がられそうなものだが、凜堂の整った顔立ちと、その大きな瞳《ひとみ》に宿る無防備な輝きとのギャップは、子供よりむしろ妙齢の女性に対してこそおおいに威力を発揮する。何より今の凜堂にはちょっとした芸能人ぐらいの知名度があり、それがここでもプラスに働いた。

「え、あれ？　え？」

先に気づいたのはショートボブの女性のほうだった。

「えっと、たしか探偵の凜堂さん、ですよね？」

「ええ、そうです。初めまして」

「あ」

隣のロングヘアの女性も気づいたらしい。口元を押さえ、

「え、嘘嘘嘘！　やだ！　どうしてこんなところに？」

「この近所に住む知り合いの子のシッターを頼まれたんです。ああ、そうだ。こちらは――」

「あ、知ってます知ってます！　助手の月瀬さんですよね！」

「いや、あの……ええ？」

自分のことを知ってもらえているのは嬉《うれ》しくないわけではないが、その認識だと非常に困る。こうして外堀を埋められていくうちに、いつしか本当にその座に収まってしまわないとも限らない。即座に訂正しようとしたが、かといってこの場で話をややこしくしてしまうのもそれは

それで面倒だ。言うべきか、言わざるべきか。僕が迷っているうちに、

「あの、一緒に写真お願いしてもいいですか？」

「ははは、もちろんですとも！」

凜堂が勝手に応じ、たちまち撮影会が始まってしまった。流されるまま僕も凜堂とともに、女性二人がそれぞれ取り出したスマートフォンのカメラのフレームに収まる。……まあ、これぐらいで僕たちに向けられた不審を払拭できたのなら安いものか。そう自分を納得させていると、

「あ、ねえねえ。ひょっとして凜堂さんたちなら、さっきのあれもわかるんじゃない？」

ロングの女性がそう言って、ショートボブの女性も、あっ、と声を上げる。

「そうかも。あの、もしよかったら少しだけお話聞いてもらえます？　どうしてもわからない、不思議なことがあって」

「ふむ、不思議なこと？」

「そうなんです」

どこから話すべきか思案するような間のあと、女性は、実は、と切り出した。

「この公園から、毎日一つずつ、必ず何かが消えていってるんです」

ふうん？　と気のないふうな声を出した凜堂の目が、それでも好奇心に輝くのを僕は見逃さなかった。

4

まず最初に消えたのは、ペットボトルに入った水なんです。

ええ、そうです。水です。

私の自宅は、この《しじま公園》の一番奥に面しているんですけど、敷地の境目のブロック塀《べい》の上に、水の入ったペットボトルが並べられていたんです。大きさは二リットルで、数は五本。形は全部同じもので。

いえ、もちろん私がやったわけじゃなくて。

やったのは、うちの隣の家のおばあさんなんです。耳が遠いせいか、すごく声の大きな人で。たしか先々週からだったかな。自分の家の敷地内で野良猫がフンをして許せないって息巻いていて、だから、猫よけ水っていうんですか？ 猫が公園から塀の上を歩いて入ってこないように、ペットボトルに水を入れて置いたんですって。

まあ正直、あんまり嬉しくはなかったですよね。

ペットボトルが並べられたのは、うちの廊下の突き当たりの窓の前です。磨《す》りガラスなので、閉めていると外ははっきり見えないから、特に実害はないって言えばそうなんですけど。それでも窓を開けたら、そこに水の入ったペットボトルが並んでるのって、どうしたって見た目はよくないじゃないですか。うちの家の前に並べないでよっていうのが本音ですけど、かといって、迷惑ですっておばあさんに文句を言うのも、なんだか余計なトラブルの種になりそうだし。そもそも猫よけの水って、あれ、本当に効果あるんでしょうか。ネットで調べてみたんですけど、あんまり意味はないって書いてる人が多くて……あ、すみません、話が逸れちゃいました。

とにかく、その猫よけ水が一気に消えたんです。

私が気づいたのは、一昨昨日《さきおととい》の夕方ですね。五時過ぎぐらいだったかな。浴槽の掃除をしなくちゃと思ってお風呂場に行こうとしたら、突き当たりの磨りガラスから入ってくる光が、あれ、いつもと加減が違うな、と思って。窓を開けてみたら、そこに並んでいるはずのペットボトルが五本全部、消えてなくなってたんです。

その日の朝までは、間違いなくあったんですよ。だってもしなくなっていれば、朝、洗面所に向かうとき同じように気づいたはずですから。

誰がやったのかもわからないんです。うちの家族は誰もやってないって言ってますし、隣のおばあさんは……たぶん気づいてないんじゃないですか？　うちとしては知らせてあげる義理もないですし。

でも、これだけなら別になんてこともなかったんです。おばあさんが勝手に置いたものだから、区の職員が気づいて撤去したのかな、ぐらいに考えてました。

でも、その次の日、今度はごみ箱が消えたんです。

この公園、あっちのほうにドリンクの自動販売機があって……見えます？　あ、そうです。あれです。自販機の隣って大抵、ペットボトル用のごみ箱があるじゃないですか。丸い投入口のある、グレーのプラスチックの。

……え？　あれってごみ箱じゃなくてリサイクルボックスなんですか？　はい、全然知りませんでした。

とにかくあれと同じようなものが、一昨日《おととい》の朝まではもう一つあったんです。ええ、あの隣に。空き缶用のものが。

正直、これもすごく見た目が悪かったんですよね。入り切らなくなった空き缶がいつもそばにあふれてて。

あれ、たぶんこの近くに住んでる誰かが、自宅の空き缶やペットボトルをあそこに捨ててるんですよ。区の回収コンテナまで持っていくのが面倒だから。近頃はモラルのない人が増えてて本当に嫌になっちゃいますよね。そう思いません？

え？

ああ、これも気づいたのは同じぐらいの時間帯ですね。ええ、午後五時過ぎぐらいだったはずです。私、パート先のクリーニング店への行き帰りに、いつもこの公園の中を通るんです。そうしたら空き缶用のごみ箱……じゃなくて、リサイクルボックスが消えてなくなっていたんです。いつも周りにあふれていた空き缶も一緒に、綺麗さっぱり。ご覧の通り、ペットボトルのリサイクルボックスのほうは、あふれたペットボトルも含めてそのままなのに。

こっちも朝まではちゃんとあったんです。午前九時前に、公園の中を通ったときにはたしかに見かけたので。だから、あれ？　と思って。最初は、これも区の職員が片づけたのかなって考えたんですけど、もしそうならペットボトルのほうはそのままっていうのも変じゃないですか。

そんなふうに二日続けてものが消えたら、なんとなく次の日も、って思いますよね？　だから昨日はパートへの行き帰りのとき、ちょっと注意して公園内を見てみたんです。

そうしたら、今度はなんと自転車でした。

あそこに物置きがあるじゃないですか。……そう、あれ。先々週ぐらいから、あの物置きの正面に自転車が立てかけられていたんですよ。たぶん誰かが乗り捨てていったものだと思うんですけど。

どんな自転車？　えっと、そう訊かれても、よくあるものとしか。シティサイクル？　ママチャリ？　言い方はよくわかりませんけど、普通の大人用自転車です。

まあ特に邪魔ってわけでもなかったんですけど、やっぱり見た目はよくなかったですね。あんまり触りたくない感じにあちこち錆《さ》びてましたし。

その放置自転車が、やっぱり消えてなくなっていたんです。朝は間違いなくあったのに、午後五時頃に帰ってきたときには。

だからこれで三日続けて、公園から毎日一つずつ、何かが消えていってるんです。それに……ええ、そうなんですよ。

消えるものが、少しずつ大きくなっていってますよね。

不思議じゃないですか？

一体どうして、この公園でこんなことが起こってるんでしょう。

5

話の途中から、すでに僕は人知れず興奮を抑《おさ》えられずにいた。

——この公園から毎日一つずつ、何かが消失している。

——しかもその規模は、少しずつ大きくなっている。

僕とて推理作家の端くれである。こういった不思議な謎はもちろん大好物だ。

そして奇妙な謎専門を自ら掲《かか》げる凜堂にとっては、まさに馬の目の前に吊るされた人参《にんじん》のごとしだろう。僕は女性が最後まで話を終えたとき、同居人が人目も気にせず飛び上がって小《こ》躍《おど》りでも始めるんじゃないかと密かに危ぶんでいたぐらいだ。

けれど意外なことに、凜堂は話の途中から聞き役を僕に任せると、自分は蓮音にくっついてその場を離れてしまった。大人の話になど興味のない蓮音が、ゲームをプレイするために一人で公園出入り口のほうに戻ろうとしたからだ。凜堂のその態度に、僕は聞いたばかりの話と同じぐらい驚いていた。

それでもしっかり遠くから聞き耳を立てていたらしい凜堂は、話が済むとこちらへ戻ってきて、

「なるほど。たしかにそれは不思議ですね」

と、落ち着き払った素振《そぶ》りで言った。

「調べてみないことには何とも言えませんが、真相がわかった暁《あかつき》にはきっと何らかの形でお伝えしましょう」

「わあ！　ぜひお願いします！」

凜堂が笑顔で請け合うと、ひとまず話ができただけで満足したのか、女性たちは、じゃあそろそろ、という感じでベンチから立ち上がった。子供たちに声をかける。

「ほら。お母さんたち帰るから、ゲームはもうおしまいにしなさい」

十歳ぐらいの少年たち二人は、いつの間にか蓮音も交えて遊んでいた。歳がそこそこ離れていても、ゲームという共通メディアさえあれば、その差はあってないようなものなのだろう。

「えー、もうちょっとだけいいじゃん！　新しいプレイヤーが来たから、ちょうどまたボスが湧いたところなんだって！」

「だーめ、もう結構やったでしょ。放っとくと暗くなるまでずっとやってるんだから。少し天気も悪くなってきたし」

ショートボブの女性がそう言うと、少年の一人は不満げに膨《ふく》れてみせる。

ロングの女性も我が子に言った。

「うちもだよ。ゲームは時間を決めて、って約束したよね。一ヶ月の通信量、一週間で使い切っちゃって、パパに叱《しか》られたのもう忘れた？」

「はーい……」

もう一人の少年も渋々といった体《てい》で返事をする。それから蓮音に、

「あ、そういやおまえ、どこ小？」

「来年から神橋小」

「なんだ、おれたちと一緒か。じゃあな。またドラテスやろうぜ！」

蓮音とのそんなやりとりのあと、少年たちはそれぞれの母親とともに公園を出ていった。

せっかくできた年上のゲーム友達が早々にいなくなってしまい、蓮音はつまらなそうに口を尖《とが》らす。仕方のないことだが、少し可哀想だ。

僕は彼に同情しつつ、凜堂に言った。

「それにしても星史郎、ずいぶん珍しいじゃないか。君が目の前の謎に飛びつかないなんて。明日は雹《ひょう》か霰《あられ》でも降るんじゃないか？」

すると凜堂は腕を組み、もっともらしい口調でこう返事をした。

「純、今の僕は探偵じゃなくベビーシッターだ。どちらも片手間にできることじゃない。それを重々承知しているというだけさ」

「……君にまともなことを言われると、とてつもなく釈然としない気持ちになるのはなんでだろうな」

僕が目を細めると、凜堂は呑気に笑った。

「そう言う純のほうこそ、ずいぶん熱心に話を聞いていたじゃないか」

案の定ばれていた。……まあ、これは凜堂でなくたって見当がつくことか。

そもそも僕はミステリのネタを探しに来たのだ。凜堂の手伝いが発想の刺激になればと考えていたが、思わぬ金鉱を掘り当てたことになる。

「星史郎。少しの間、僕一人で動くけど、構わないよな」

僕の求めに、凜堂は肩をすくめ、

「幸い蓮音はあまり手のかからない子みたいだ。しばらくは僕一人で問題ないだろう。そして僕には僕の仕事があるように、純にも純の仕事がある。それも承知してるさ」

「助かる」

結果論ではあるものの、やっぱり凜堂の言う通り多少無茶をしてでも外に出たことが功を奏したわけで、それについては礼を言うべきだろう。けれど、そうするのもほんの少し癪《しゃく》な気分で僕が口をもぐもぐさせていると、凜堂はにやりと口の端を上げてみせ、

「お礼は無事にこの件からネタを拾えたときまで取っておけばいいさ」

何もかもお見通しとばかりにそう言った。

見事、公園出入り口スポットのボスを撃破し、持ちキャラのレベルも上がって、蓮音も満足したらしい。凜堂たちはマンションへと引き上げていった。ちなみに凜堂は乙葉さんから、息子に英語を教えてほしいと頼まれていたらしく、

「それじゃ、これからしばらく英語だけで会話をするゲームをしよう」

と蓮音に提案し、ゲームと聞けば蓮音も満更ではないのか、「え、なにそれ！」と興味を示していた。

6

公園の出入り口で二人を見送った僕は、さて、と振り返る。まず必要なのは現場の検証だ。

しじま公園の敷地は、せいぜい幅五メートル、奥行き五十メートルといったところだろう。向かって右手はツツジの植え込みになっており、そこにケヤキの木も等間隔で植わっていた。全部で五本だ。左手は建ち並ぶ民家との間に、僕の目ぐらいの高さのブロック塀が築かれている。別に中を往復するのを躊躇《ためら》うような広さでもないので、消失物があったという場所を順に見ていくことにした。

石畳の上をてくてく歩いていくと、すぐに奥へと辿り着く。こちらには特に出入り口らしきものは設けられていなかったが、右手の植え込みが途切れ、石畳をうっすら覆《おお》う砂に足跡があ

るので、ここから人の出入りがあると知れた。

正面の塀の向こうには、やはり一軒家が建っている。これがさっき話を聞かせてくれたショートボブの女性の自宅だろう。モルタル造りとおぼしき二階建てで、壁は色の褪せた吹きつけタイルだ。ちょうど塀と同じぐらいの高さに、小さな磨りガラス窓が二枚はまったサッシがある。たぶんこれが話に出てきた、廊下の突き当たりの窓だ。

この窓の前の塀の上に、水の入った二リットルのペットボトルが五本——いわゆる猫よけ水が並べられていたらしい。ここにそんなものがあれば、たしかに邪魔に感じただろうな、と思う。女性いわく、猫よけ水は一昨昨日《さきおととい》の朝にはたしかにあったが、その日の夕方五時過ぎには忽然《こつぜん》と消失していたとのことだった。

他に何か変わったところはないかと周囲に目をやるが、特に気になるものは見当たらなかった。踵《きびす》を返し、来た道を戻る。

十メートルほど歩くと、植え込みの前にドリンクの自動販売機が設置されていた。自販機のボディは赤で、ラインナップは緑茶、コーヒー、ジュースなどだ。ペットボトルと缶、温かい飲み物と冷たい飲み物が半分ずつぐらいの割合でそろっている（さすがに温かいジュースはないが）。そういえばホットとコールド、両方が一つの自販機で売られているのは日本だけらしい。

そして、その脇にはリサイクルボックスが置かれている。容量はせいぜい四十五リットルのごみ袋一袋分ぐらいで、丸い投入口があり、色はグレーだ。材質も女性が言った通りのプラスチック——おそらくはポリエチレンだろう。そのそばには入り切らなかった空きペットボトルが、捨てたんじゃなくて置いたんですよ、と言い訳でもするかのように、たくさん並べられていた。たしかにこれも見た目のいいものではない。

本来、このさらに隣に、空き缶を入れるためのリサイクルボックスも置かれていたらしい。しかし今は、影も形も見当たらなかった。こちらも一昨日の朝にはたしかにあったが、その日の夕方五時過ぎには消失していたとのことだった。

試しに自販機で一本買ってみることにする。電子マネーは使えず、現金での支払いのみだ。財布から取り出した千円札を入れてボタンを押すと、温かい緑茶の缶が出てきた。釣り銭もちゃんと出てくる。何の問題もない。

缶を上着のポケットに入れて、再び公園の入り口のほうへ向かう。

再び十メートルほど歩くと、今度は塀側にアルミ屋根の物置きがある。僕が両手を広げたぐらいの幅で、奥行きはその半分程度だ。正面にかかっている札によると、中身は防災用機材らしい。シャベルや土嚢《どのう》、簡易テントでも入っているのだろうか。ちょっとだけ見せてもらおうと思ったが、鍵がかかっていて引き戸は開かなかった。

この前に、自転車が放置されていたらしい。

それほど通行の邪魔になっていたわけではないとは思うが、触れるのを躊躇うぐらいには錆びていたらしいので、やはり見た目は悪かっただろう。もちろん今は、その自転車そのものがこの場から消え失せている。こちらも昨日の朝にはたしかにあったが、夕方五時過ぎには消失していたとのことだった。

ここでも、何か気になるものがないか探してみた。けれど、物置きの裏側やコンクリートブロックで上げられた床と地面との隙間も覗いてみたが、気になるものは見つけられなかった。

「うーん……」

次に、前提から考えてみる。

三日間連続で公園内にあったものが一つずつ消え、しかもその大きさも少しずつ大きくなっている。その点から、さすがにこれらの消失現象が、ただの偶然の連なりだとは考えにくい。同一の人間の手によって持ち去られたと見ていいだろう。

ただ消失物は、猫よけ水、リサイクルボックス、放置自転車と、どれも持ち去るのに、それほど時間と手間はかからないものばかりだ。猫よけ水は二リットルのペットボトルが五本だから、中身を植え込みに捨てて、あとは大きめのビニール袋にでも入れてしまえば簡単に持ち運べただろう。リサイクルボックスは多少目につくが、周囲は住宅地なので人通りはあまりないし、もし見つかってもわざわざ咎《とが》め立てまではされなかったと思う。これも中の空き缶をビニール袋に移してしまえば、それぞれ持ち運べたはずだ。放置自転車は言わずもがな、タイヤさえ回れば難なく押していける。つまり、誰にでも簡単に持ち去ることができたわけで、これらから犯人を絞るのは不可能だ。

では？

「……犯人の動機は何だろう」

つい独《ひと》り言《ごと》をこぼしてしまう。打てば響くように凜堂の言葉が返ってこないのが、今だけは少し物足りなかった。

ともかく、犯人の動機だ。それに見当がつけば、少しは犯人像を絞り込めるかもしれない。

あの女性も言っていたが、まず考えるべきは誰かが掃除をしたという可能性だ。

三つの消失物に共通しているのは、いずれもこの公園の美観を損なっていたという点である。連絡を受けた区役所の職員か、あるいはこの近隣に住む住民が、見た目のよくなかったそれらを撤去してしまったのかもしれない。

そもそも事は美観の問題だけではないとも言える。ペットボトルの水は太陽光を屈折させ、一点に集めることで火災の原因になったりするし、ごみの放置はその周囲の治安を悪化させるという割れ窓理論もあるくらいだ。撤去する理由としては充分だろう。

けれど、だとすればおかしな点も複数ある。これも女性が言った通り、空き缶だけでなくリサイクルボックスまで撤去されたのはさすがに変だ。しかも、同じく外にまであふれているペットボトルのボックスのほうはそのまま、というのもおかしい。毎日一つずつ撤去していくというのも不自然だろう。役所の職員でなくともみんなそんなに暇ではないだろうから、都合をつけてまとめてやってしまえばいい。

僕は掃除の線に頭の中でバツをつけた。

次に思いついたのが、誰かが金銭目的で持ち去ったのではないか、という可能性だ。

たしかアルミやスチールの缶は資材として、業者が買い取ってくれるはずだ。自転車もフレームやホイール、チェーンはスチール合金である。スマートフォンを取り出して検索してみると、どうやらペットボトルもいけるらしい。これなら猫よけ水が持ち去られた理由にもなる。

そこまで考えたところで、けれど僕は、いやいや、と首を横に振った。

だとしても、やっぱりリサイクルボックスまで持ち去るのはおかしい。それに、ペットボトルを放置したままなのも理屈に合わない。毎日一つずつである理由も不明だ。

再び頭の中でバツをつける。

少し曇ってきた空を眺めるともなく眺めながら、考え続ける。

それなら、消失物に何かしらのメッセージが隠されていた、という可能性はどうだろうか。

猫よけ水、リサイクルボックス、放置自転車。それぞれの頭文字は「ね」「り」「ほ」だ。とても意味があるとは思えない。けれど、猫よけ水を「水」、リサイクルボックスを「箱」、放置自転車を「車」としてみたら……。

そんな具合に、しばらくいろいろな単語や英語に置き換えて考えてみたものの、やはり意味のありそうな言葉や文章は作れなかった。それぞれの形や連想されるものからも試してみたが、結果は同じだ。

頭を掻《か》く。

では、正直これは考えたくなかったが……まさかの超常現象という可能性はどうだろう。

そう。いわゆるＵＦＯ──近頃はＵＡＰというらしいが──によるアブダクションだ。調査のために牧場の牛を吸い込んでいくがごとく、毎日この公園の上空にフライングソーサーがやってきて、人類が使った猫よけ水、リサイクルボックス、放置自転車を回収し──

「ないな」

翁長さんの冷たい目つきが脳裏をよぎり、思わず身震いしてしまった。

アプローチを変えてみよう。

一昨昨日《さきおととい》から昨日まで、公園から毎日一つずつ何かが消失している。では、今日は一体何が消えるのだろうか？

必ずそうなるとは限らない。が、可能性はおおいにあるはずだ。その狙われるものが何かわかれば、犯人の動機や正体にも見当がつけられるかもしれない。

ヒントはある。猫よけ水、リサイクルボックス、放置自転車と、消失物の規模が少しずつ大きくなっている点だ。つまり次に消えてなくなるのは、放置自転車よりもさらに大きなものということになる。

たった今見たばかりの自販機や物置き、ケヤキの木など、その条件に該当するものは公園内にいくつかある。ただ、もしそれらを持ち去ろうとしたなら、間違いなく大型の重機が必要になる。あり得ない、と言うにはすでに説明のつかない状況が起きているので断言できないが、まあさすがにあり得ないだろう。それに、それらの場合、いきなり規模が大きくなりすぎている気もする。

結局これというものも思いつかないまま、再度唸《うな》ったときだ。

「……ん？」

公園に、妙なものが入ってこようとしていた。

7

「あ、やば！　上！　木に当たってる当たってる！」

「よし、ストップ。いったん戻ろう」

高校生とおぼしき三人組だった。全員が男子で、何か大きなものを運んでいる。幅一メートル、高さ二メートルはある骨組みのようなもので、その上部が突き出したケヤキの枝に引っかかり、四苦八苦していた。出入り口の前で行きつ戻りつ体勢を整え、ようやく園内に入ってくると、それを石畳に置いて皆一様に息をつく。

少しそばに近寄ってみると、どうやらそれは手製の看板らしかった。左右の塩ビのパイプの上にポリ素材の板が取り付けられた、いわゆるアーチ看板だ。看板はアルミホイルが巻かれているのか銀色で、そこに蛍光ピンクのカラーシートを切り抜いた、

『西京高校ＡＲＣへようこそ！』

というポップなフォントの文字が貼られていた。まるでアイドルのコンサートでファンが振るうちわのようだ。その下には「ＪＡ１ＹＧＲＷ」という謎のアルファベットと数字が並んでいる。一体これは何だろうか、と僕が首をかしげていると、

「あ、すみません」

それに気づいた彼らのうちの一人が謝ってきた。丸い眼鏡をかけた、大人《おとな》しそうな雰囲気の少年だ。僕の通行を妨《さまた》げていると思ったのだろう。

「ああいや大丈夫。邪魔だとかいうわけじゃないんだ。ただ……」

これって？　と目で問うと、少年は、自分たちは怪しい者ではないと証《あか》し立《た》てようと考えたのか、代表して説明を始めた。

「僕たちは都立西京高校のアマチュア無線部です。ＡＲＣというのはアマチュア無線部――Amateur Radio Club の略で……えっと、アマチュア無線はわかりますか」

「ああ、うん。それはもちろん」

一応解説しておくと、アマチュア無線とは、もっぱら個人が趣味として行う無線通信のことだ。僕はそこまで詳しくないが、楽しみ方はいろいろで、様々なコンテストや大会もあるらしい。ちなみに彼らの通う高校が、ここから徒歩二分ほどのところにあるというのはあとで知った。

「そのアマチュア無線部さんが、こんなところで一体何を？」

少なくとも、無線でやりとりしているふうには見えない。

眼鏡の少年はぼそぼそと、けれどどこか切実さを秘めた声音《こわね》で続けた。

「うちは今、僕たち三年しか部員がいないんです。一昨年、去年と、新入部員がゼロだったので。もし来年誰も入ってくれなかったら、廃部になってしまうんです」

「はあ」

「それで、うちの高校、明後日《あさって》の月曜が文化祭なんです。外部からも人が来るし、ひょっとするとその中には、来年うちの高校に入る新入生もいるかもしれません。だから、何としてもアマチュア無線に興味を持ってもらいたいんです」

「なるほど。君たちはその頃には卒業しているわけだから、今回が最後のアピールの場なんだ」

「そうなんです。ただアマチュア無線って、魅力が人に伝わりづらいから、なかなか部室に立ち寄ってもらえなくて。誰かと誰かの会話を聞いたり、ときにはそこに加わったりできて通信料は無料。おまけに災害にも強い。まさに趣味の王様なんですが」

ものすごい自信だ。けれど、たしかにその魅力に触れる機会は、実生活の中ではまずないだろう。

「だからせめて看板ぐらいは凝《こ》ったものにして、通りかかった人たちの興味を引きたいんです」

僕も高校時代は本が好きで、けれど誰にもそのことは言わないまま、一人で黙々と読書に勤《いそ》しんでいた。もし本の話ができる友人が一人でもいれば、さぞ楽しかったことだろう。彼らは好きなものの同志を見つけ、その大切な場所を守ろうとしているのだ。素直に応援したくなった。

「けど、どうしてこんな公園で作業をしてるんだい?」

「無線部の部室はものすごく狭い上に無線機器があるので、とても大きな看板が作れるようなスペースはないんです。かといって、教室や廊下は各クラスや他の部が使っているし、校庭のそばもサッカー部や野球部のボールがすっ飛んでくる可能性があって危ないし、むしろ邪魔だからどこかよそへ行けと言われてしまって……」

「なるほど……」

　これまた身につまされる話だった。

「あの、僕たち、ここで作業していて構いませんか」

　僕はこの公園の管理者ではないし、そもそも近隣住民ですらないので、いいとも悪いとも言えない。ただ今は他に利用者もいないし、いたとしても通行の妨げにさえならなければ問題ないだろう。

「ああ、うん。たぶん大丈夫なんじゃないかな」

　僕がそう答えると、少年はほっとした顔になった。

「なあ、そろそろ始める？　俺、午後から予備校あるし」

「ああ、わかってる」

　他の部員に呼ばれた少年は僕に会釈《えしゃく》し、彼らのそばに戻っていった。何か相談したあと、ブルーシートをその場に敷いて、持参したパイプをのこぎりで切り始める。看板が倒れないよう、さらなる補強を施《ほどこ》すのだろうか。他にもいろいろと資材らしきものが用意されている。僕には応援することしかできないが、頑張ってもらいたいものだ。そう思いながら踵を返しかけたときだった。

「あっ！」

　僕は思わず大きな声を出していた。

「え？」

何事かとこちらを向く高校生たちに、

「あ、いや、ごめん！　何でもないから。作業頑張って」

慌てて手を振りながらその場を離れる。物置きの前までやってきたところで、改めて彼らのほうを振り返った。

今この公園からは、毎日一つずつ何かが消失している。猫よけ水、リサイクルボックス、放置自転車とその規模が少しずつ大きくなる中、あのアーチ看板は図らずもその条件にぴたりとはまる大きさではないだろうか。それを彼らに説明すべきと思うが、けれど、一体どんなふうに？

——この公園からは毎日一つずつ、ものが消えているんだ。君たちのアーチ看板も万が一のことがあるかもしれないから、作業はどこか別の場所でやったほうがいい。

それこそ僕のほうが不審者と思われかねないのではないか。しかし——。

僕の不安を象徴するかのように、空はますます曇り始めていた。

「やあ、純。その後の首尾はどうだい」

午前十一時三十分頃、マンションへ引き上げてきた僕に、キッチンでパスタを茹《ゆ》でながら凜堂がそう訊いてきた。昼食はボロネーゼとサラダにするそうだ。蓮音はリビングのスマートテレビでドラテスの動画を見ている。僕はレトルトのソースを鍋に入れて温めながら、これまでの成り行きを話した。

「へえ?」

食卓を囲みながら話を聞き終えた凜堂は、心底愉快そうな声を出した。ソースでべたべたになった蓮音の口の周りをウェットティッシュで拭いてやりながら訊いてくる。

「それで、これからどうするつもりなんだい」

「看板を作っていた子たちは午後に予定があるみたいだったから、作業するのはきっと午前中だけなんだ。けど他にもいろいろ資材があったし、まだまだ凝るつもりだろうから、たぶん今日中に完成はしないと思う。学校に持って帰っても狭い部室にあの大きさの看板は入らないみたいだし、ボールが飛んでくるかもしれない校庭にも置いてはおけない。だから少なくとも明日まで、きっと公園に置いておくはずだ。つまり、今日の午後はまるまる無防備になる」

「ああ、だろうね」

「もし今日も公園内から何かが消えるんだとしたら、彼らの看板が狙われるかもしれない。だから、午後は現場に張り込んでみようと思うんだ。そうすれば、もしかしたら公園からものを持ち去っている犯人の正体もわかるかも」

もはや推理力も観察力も関係ない、ただの力技だ。けれど、今の僕にはもう他に打つ手は思い浮かばなかった。本当は彼らに事実を伝えて、有無を言わせず看板を引き揚げさせることも考えた。けれど、やはり信じてもらえる自信がないし、それに何より公園から立ち退かせたら、彼らは作業する場所を再び失ってしまう。必ず看板が狙われると決まっているわけでもないのに、そうさせるのも躊躇われた。

「いつになくアクティブじゃないか。ひょっとしてその高校生の彼らに、何か思うところでもあるのかい？」

彼らに言及したときのニュアンスから、僕の機微を察したのだろう。凜堂はそう言って笑った。

「別にそんなのじゃないさ。ただただ自分の原稿のためだよ」

僕が鼻を鳴らすと、凜堂は肩をすくめ、

「ま、反対する理由は何もないよ。思う存分やってくれ」

昼食を終え、手早く食器洗いを済ましてから出かけようとしたところで、

「ああ、純。予報じゃ午後は雨が降るそうだから、傘を持っていったほうがいい」

たしかにマンションの外廊下へ出ると、すでに小雨がぱらついていた。僕は乙葉家の傘立てから目立たない透明のビニール傘を一本拝借して差すと、再びしじま公園へと向かった。到着は正午を五分ほど回った頃で、すでに高校生たちの姿はなかった。雨も降ってきたし、おそらく作業を早めに切り上げたのだろう。

思った通り、彼らの看板は公園内に置かれたままだ。雨をよけるためにブルーシートがかけられ、邪魔にならないように入り口付近の端に移されている。シートをめくってみると、やはりまだ完成はしていないらしく、パイプの片側にだけアルミホイルが巻かれていたり、おそらくアンテナに見立てられた骨組みだけの傘がそのまま置かれていたりした。

とりあえず公園内を一周して、すでに消失したものがないか確かめる。けれど、午前中に見て回ったときと変わったところは特になかった。

「……さてと」

看板を見張るのに、どこか適当な場所はないか。……公園内だと自販機や物置きの陰だろうか。いや、さすがにそんなところで傘を差していたらいかにも怪しい。

結局公園外の、少し離れた曲がり角に身を隠すことにした。ちょうどいい具合に電柱もある。まるで往年の刑事ドラマの張り込みそのものだ。

陰からそっと公園を覗く。直線距離で五十メートルほど先に、変わらずブルーシートに覆われた看板が立っている。

幸い寒くはなく、雨足も強くなかった。

淡い霧雨がしとしとと降り続ける中、じっと張り込みを続ける僕のそばを、ときどき人が通り、車が走り過ぎていく。宅配便の配達員や散歩中の高齢者などがちらりとこちらに視線を投げかけていくが、僕がスマートフォンを眺め、人待ち顔でやり過ごしていると、皆気にしたふうもなく去っていく。携帯端末はこういうときにも本当に便利だ。

そのまま一時間、二時間と、ひたすら雨は降り続けた。

足元のスニーカーに水が浸み込み、げんなりしてくる。

予想はしていたものの、慣れない張り込みは、やはり素人《しろうと》には辛い仕事だった。何時間も集中力を持続させることは難しく、正直に言えば、その間にスマートフォンでニュースやSNS

を見たり、原稿のことを考えたりして、ブルーシートのかかった看板から目を離したことも何度かあった。けれどぼんやりと視野には入れていたので、誰かがそのそばに近づいたり、看板自体に異変があったりすれば必ず気づいたはずだ。

何も起こる気配がないまま辺りが薄暗くなり始めた頃、さすがに多少の落胆を覚えながら考えた。

……まさか僕がここで公園を見張っていることに、犯人は気づいたんだろうか。それで今日は犯行を取りやめたとか。それとも、犯人はすでに何らかの意図のもと目的を達成していて、今日も何かが狙われるかも、というのはまるで見当外れの考えなのか？

ただ待つという行為に、精神的にも肉体的にも限界を感じ始めた午後六時過ぎ、凜堂から電話がかかってきた。

「やあ、純。そろそろ夕飯にするけど、そっちの調子はどうだい？　犯人は現れたかい？」

8

結論を先に言うと、その日、しじま公園から何かが消失することはなかった。

凜堂から電話をもらった僕は、少し雨足が強まってきたこともあって、再びマンションに引き上げた。あらかじめ乙葉さんが用意してくれていたというデパ地下のデリを温め、夕飯にする。

張り込みの結果が芳《かんば》しくなかったことを伝えると——もちろん看板が消えなかったこと自体は歓迎すべきなのだが——凜堂は、チキンステーキを口いっぱいに頬張りながらうとうとし始めている蓮音を起こし、その手からフォークを抜き取りながら、ふうん、と声を出した。

乙葉さんが帰宅したのは、午後十一時を回った頃だった。

「遅くなってごめんね！ 二人とも、大丈夫だった？」

「もちろん！ 何の問題もなかったですし、僕たちもとても楽しかったですよ」

すでに風呂と歯磨きを済まし、奥の部屋で布団に入っていた蓮音は、それでも母の帰宅を聞きつけて起き出してきた。リビングで母の膝《ひざ》にタックルするように抱きつく。

「ただいま蓮音。ちゃんといい子でいられた？」

母に頭を撫《な》でられながら、蓮音は顔を上げずに小声で言った。

「……イエス、オフコース」

まだ雨が降っていたので、僕たちは再び傘を借り、乙葉さん宅をあとにした。なんだかんだでもうすぐ日付が変わろうという時刻だ。

けれど、

「さて純。これからもう一度、しじま公園に行ってみようじゃないか」

「え、今からか？ けど、もうすぐ終電の時間だぞ」

「大丈夫だよ。それまでに用は終わるさ」

凜堂は、すでに公園のほうへと足を向けながらそう返事をする。僕も慌ててそれに続いた。

しじま公園には、変わらず例の看板があった。周囲の民家や道の街灯の明かりのもと、凜堂はそれを調べ始める。上から下までをざっと眺めたあと、片側だけアルミホイルの巻かれたパイプを握り、看板そのものをそっと持ち上げた。材質は塩ビとポリ素材なので、二メートル近い大きさのわりにはかなり軽いらしい。僕も真似してみたが、重さはせいぜい二、三キロといったところだろう。

それを済ますと、今度は公園内を見て回る。やはり広い敷地ではないので、ものの三分もかからずに一周して入り口まで戻ってきた。

「純、昼間と今で、どこか変わったところはあるかい？」

「いや何も。少なくとも、僕には見つけられないな」

「そうか。ということは、やっぱり今日のところは何もなさそうだ。けど、明日になればどうかな？」

「明日？」

凜堂のどこか確信ありげな言葉に、僕は訊いた。

「星史郎。君、ひょっとして真相の見当がついてるのか？」

「まあね」

あっさり首肯《しゅこう》する凜堂に、僕は危うく大きな声を出しかけた。さすがにいい時間なので怒鳴りこそしなかったものの、小声で文句を言う。

「おいおいおい！　いくらシッターに集中しなくちゃいけなかったからって、そうならそうと一言教えてくれたっていいだろ！　張り込みまでして、完全に無駄骨じゃないか！」

今日一日のあれやこれやがすべて徒労に思われて僕がうなだれると、凜堂は肩をすくめた。

「そんなことはないさ。むしろ純の張り込みのおかげで、僕の考えはより補強されたんだ」

「……はあ？　だってこの通り、何も起きなかったんだぞ？」

眉をひそめながら顔を上げる僕に、凜堂は自信ありげに頷いた。

「ああ。この場合、何も起きなかった、という事実こそが重要なんだ」

「なんだって？」

「さて、ともかくベビーシッターはこれにてお役御免。いよいよ探偵としての冒険の始まりだ」

凜堂は、ぱん、と手を合わせて言った。

「明日には雨も上がるだろう。そうなれば、きっとこの公園で僕が考えた通りのものが見られるはずさ」

9

翌日曜日の午前十時頃、僕たちは再びしじま公園へとやってきた。すると、

「あれ？」

昨日までたしかにあったはずのアーチ看板が、公園の入り口付近から消失していたのだ。

「な、ない！　看板がないぞ⁉」

すぐに公園内を見て回ったが、やはり影も形も見当たらなかった。あの看板はまだ完成前だ。他に作業する場所がないのだから、まだ学校には戻さないはずである。それとも高校生たちは休日の、しかもこんな朝早くから公園に来て、すでに製作物を完成させてしまったのだろうか？

凜堂が訳知り顔で提案してくる。

「その高校生たちの学校に行ってみよう」

彼らの看板に書かれていた高校名を地図アプリで検索し、僕たちはすぐに現地へと向かった。徒歩で二分ほどの都立西京高校の校門の前には、見覚えのある高校生三人組の姿があった。間違いなく昨日の無線部員たちだ。そのそばには例の看板もある。……看板は何者かに持ち去られたわけじゃなく、彼らがこっちに戻したんだろうか。けれど作業をする場所がないはずなのに、なぜ？　実際、彼らは今もどこで作業をするのか検討しているらしく、看板は校門前の歩道に置かれていた。

「あの、昨日はどうも」

僕が声をかけると、丸い眼鏡をかけた少年が、あ、という顔をした。さすがに僕のことを憶えていたらしく、

「えっと、どうも」

と、戸惑いながら会釈をする。そこへ凜堂が横から割って入った。

「やあ、忙しいところすまないね。少しだけ訊きたいことがあるんだけど、いいかな」

「え？　はあ……」

どうやら凜堂のことは知らないらしく、三人とも特に目立った反応は見せなかった。

昨日は公園で作業をしていたはずなのに、どうして今朝は学校に移ったのか、凜堂が事情を訊くと、

「それが……ついさっき僕たちが自転車で学校に来たら、もう看板がここに置かれていたんです。なので誰かに邪魔だって思われて、公園から移動させられたのかなって」

むしろ彼らは、「あなたたちが移動させたんじゃ？」とでも言いたげな顔つきだった。けれど、断じて僕たちはそんなことはしていない。凜堂は、なるほど、と頷き、

「ちなみに、どこも壊れたりはしていなかったかい？」

「あ、はい。それは大丈夫でした」

「そうか。話を聞かせてくれてありがとう」

笑顔でそれだけ告げると凜堂はさっさと歩き出した。

「あの、それじゃ、文化祭頑張って」

「はあ、ありがとうございます」

僕はフォローの言葉を残して、すぐに凜堂に追いついた。

「星史郎、一体どういうことなんだ？　看板が移動させられたのは、これまで公園内からものが消えたのとは無関係だってことなのか？」

「いいや。さっきの看板の移動も、猫よけ水、リサイクルボックス、放置自転車を持ち去ったのと同じ犯人の手によるものだ」

「なんだって？」

　同居人はスマートフォンを操作している。どうやら新たなルートを確認しているようだ。

「今度はどこに行くつもりなんだ？」

「この辺りに設置された自販機を回ってみる。近頃は便利なアプリがあって、付近の自販機の場所をすぐに検索できるんだ」

「いやそれぐらい僕だって知ってるさ」

　凜堂は、どうやらしじま公園に近い自販機から順番に回っていくつもりらしい。何が目的なのか皆目《かいもく》見当がつかないものの、とにかく凜堂についていく。一つめ、二つめと近場の自販機を回り、はたして凜堂が目当てとしていたものは、三つめの自販機で見つかった。

「あ」

　それはコインパーキングに設置されている自販機だった。その脇に、グレーの空き缶用リサイクルボックスが二つ置かれていたのだ。

「これってもしかして、しじま公園から消えたボックスなのか？」

「自販機一つに空き缶用のボックスが二つもあるのは不自然だ。間違いなくそうだろう」

スマートフォンをポケットにしまいながら凜堂は言った。

「猫よけ水は、どこかで適当に処分されてるだろうな。放置自転車も、目につきにくい場所に移されただろうからさすがに探しようがないか」

「ち、ちょっと待ってくれ星史郎。説明してくれ。一体何がどうなってるんだ？」

いい加減我慢できなくなって僕が訊くと、ぶつぶつ独り言をつぶやいていた凜堂は不意にこちらを向き、

「純。昨日の翔子さんの話を憶えているかい」

と言った。

「乙葉さんの話？」

「彼女が取材すると言っていた件だよ」

「ああ……。マンションの建設をめぐって、近隣住民と業者が対立してたっていう？　憶えてるけど、それが何だって言うんだ？　今は全然関係ないだろ」

「いいや、関係大ありさ」

凜堂は口の端を上げ、

「なぜなら公園内からものが消えていったのは、まさにそれと同じ構図で起きたことだからだ」

「は？」

10

しじま公園へ戻る道すがら、凛堂は説明を始めた。

「最初は猫よけ水、次にリサイクルボックス、さらに放置自転車――毎日一つずつ公園から何かが消失していく。しかも、その規模は少しずつ大きくなっている。この法則性から、今回の謎の現象は、すべて同じ犯人の手によるものと見て間違いないだろう」

「看板が消えたのも、同じ犯人の仕業《しわざ》だって言ってたよな」

「ああ。けど、あんなふうに高校に戻しておいたことからしても、犯人には決して誰かに迷惑をかけるつもりはなかったはずだ」

「それはそうかもしれないけど。だとしたら、犯人の目的は一体何なんだ？」

「気づいてさえしまえば簡単なことさ」

凛堂は肩をすくめ、

「さっきも言った通り、構図は翔子さんの取材と同じなんだ。彼女によれば、景観が損なわれるという理由でマンション建設に反対していた近隣住民側は、その主張の正当性を示すためにＮＰＯ法人の代表、建築家、郷土史家といった有識者を団体に加えた。業者側からすれば、いわばその三者こそが、マンション建設という目的を通すにあたっての障害の中心だったわけだ。

そこで業者側はその三者を一人ずつ金で懐柔し、順番に排除していくことで、ついには団体を折れさせ、目的を通すことに成功した。今回の犯人もそう。しじま公園にあるものを通そうとした。そのために、障害となっていた猫よけ水、リサイクルボックス、放置自転車、そしてアーチ看板を、一つ一つ別の場所に持ち去って排除したんだ」

簡単には頷けるはずもなく、僕は言った。

「障害って、そんなわけないだろ。どれも通行の妨げになんてなってなかったじゃないか」

「別に人間の通行を妨げていたとは言ってないさ」

「人間の通行じゃない？……じゃあまさか、猫の、なんて言うんじゃないだろうな」

「いいや」

凜堂はにやりとして、

「電波だよ、純」

「電波？」

「そう、Wi-Fiの電波だ」

僕は目をしばたたかせた。

コインパーキングの自販機を経由してきた僕たちは、今日はしじま公園の奥のほうから園内に入った。すぐ目の前には、猫よけ水が置かれていたブロック塀がある。

「無線LANルーターから発信されるWi-Fiの電波は、最大五百メートルぐらいまで飛ぶと言われている。ただこれはあくまでも理論値だ。いろいろな障害によって電波は減衰するから、実測値はもっとずっと短くなる。実際、同じ屋内でも届かないことだってあるぐらいだ」

「ああ。電子レンジを動かしてると、スマホに電波が入らなくなったりするあれだろ」

「そう。レンジが発する二・四ギガヘルツのマイクロ波は、同じ周波数帯である Wi-Fi の電波に干渉する。電化製品の発する電波は、Wi-Fi の電波を減衰させる障害の一つとして有名だ。そして、他にも有名なものが二つある。その一つは水で、もう一つが金属だ」

その説明に僕ははっとして凜堂のほうを見る。凜堂は塀の上へ目を向けながら言った。

「水は電波を遮《さえぎ》る。だから、猫よけ水は持ち去られたんだ」

たちまち理解が追いついてきて、僕は思わず口を開けてしまった。その間にも凜堂はぶらりと歩き出す。僕は慌ててそのあとを追った。

自販機の前までやってくると、凜堂は続けた。

「次に、空き缶用のリサイクルボックスだ。金属は電波を反射する。だから空き缶でいっぱいになっていたリサイクルボックスはもちろん、周囲にあふれていた空き缶もひとつ残らず、犯人によって持ち去られたんだ。一方で、それ以外のものに対しては、電波は回り込むような性質がある。だから、ペットボトル用のリサイクルボックスはそのまま放置されたわけさ。ポリエチレンやペットボトルはほとんど電波を減衰させないからね」

「な、なるほど」

犯人が本当に持ち去りたかったのはリサイクルボックスではなく、空き缶だったわけか。

凛堂は、今度は物置きの前にやってくる。

「普通のシティサイクルなら言わずもがな、フレームやホイール、チェーンはスチール系の合金だ。電波を反射する。だから放置自転車も撤去されたんだ」

「それじゃ、高校生たちが作っていたアーチ看板も？」

「ああ。あれもいくつかの部位にアルミホイルが巻かれていた。アルミホイルも金属で、やっぱり電波を反射する」

電波でやりとりをするアマチュア無線部のアーチ看板が、Wi-Fi電波との干渉を避けるために排除されたというのは、なんだか暗示的だ。

「けど、毎日一つずつで、少しずつ規模が大きくなっていったのはどうしてなんだ？」

「まず小さなものを一つよけて、電波が通ればそれでよし、と考えるのは自然じゃないか？もしそれで通らなければ、次にもう少し大きなものを試せばいい。いきなり自販機や物置きから持ち去ろうとするよりはよっぽど現実的だ」

「ああ……なるほど」

すとんと腑に落ちた。マンション建設の業者が、まず御《ぎょ》しやすそうな郷土史家から、続いてNPO代表、建築家といった順番で懐柔していったのも同じ理屈ということか。

「それじゃ、どうして昨日に限って何も起きなかったんだ？　犯人の都合が悪かったか、あるいは気まぐれだったのか？」

「違うさ。昨日は雨が降っていたからだよ」

「雨?」

「水が電波を遮ることはすでに言及した通りだ。だから雨の日の屋外は、Wi-Fi電波が通りにくい。障害をよけても電波が通るか確かめようがなかった。それで一日置いたんだ」

「あ」

——この場合、何も起きなかった、という事実こそが重要なんだ。

あれはそういう意味だったのか。

犯人の目的は、公園内にWi-Fiの電波を通すことだった。たしかにそう考えれば、すべての謎を残らず綺麗に説明することができる。

「さて、純。だとすれば、想定される犯人像は一体どんなものだろう?」

「そうだな」

少し考えてから、

「まず言えるのは、この近隣の住民だってことじゃないか?」

Wi-Fiの電波を通すのは、まず間違いなくそれを利用するためだろう。だから、どこか遠方で暮らしている人間の仕業とは考えにくい。

では、犯人はなぜ公園内に電波を通そうとしたのか。

「まさか……よその家の電波にただ乗りするためか?」

「ああ、僕もまずそれを考えた」

よその家のWi-Fi電波を勝手に利用する行為はもちろん違法だ。けれど、もしそれができれば通信料を一切かけずにウェブの閲覧や動画の視聴が可能になる。動機としては充分あり得るだろう。

「ただ、当然Wi-Fiの電波は暗号化されている。ルーターに設定されたパスワードがわからなければ利用できないはずだ。まあ、どうにかして他家のルーターのパスを手に入れた人間の犯行という線もなくはないが……それなら僕はもう一つ別の可能性を推すね」

そのときだった。僕は凜堂が誰を犯人と考えているのか、閃《ひらめ》くように理解した。

なぜなら、少し離れた公園の出入り口付近に、その彼らがいたからだ。

「どうやら彼らも、ゲームで遊ぶ時間を決められているらしい。『放っておくと暗くなるまでやっている』『一ヶ月の通信量を一週間で使い切った』と言われていたから、二人とも、蓮音のように見守りアプリでスマホの利用時間自体を厳密に制限されてはいないんだろう。ただドラテスは屋外で遊ぶゲームで、常時通信が必要になる。通信量が嵩《かさ》めば、親と約束した時間以上にゲームで遊んでいることはすぐにばれてしまうだろう。場所によっては公衆のフリーWi-Fiもあるが、そのそばに都合よくゲーム内のクエスト発生スポットが設定されているとは限らない。だから、彼らは自宅のWi-Fi電波をなんとかここまで通し、それを利用してゲームで遊ぶことを目論んだんだ」

しじま公園の出入り口付近は、ドラテスのボス敵出現スポットになっている。そして彼らのうちの一人の自宅は、この公園の奥に面した家だ。公園の敷地はおよそ五メートル×五十メートルだから、Wi-Fiの電波は理論上、充分届く距離である。公園内には自販機や物置き、ケヤキの木などがあるが、そのうち一番大きなケヤキは電波をほとんど減衰させない。それ以外の小さな障害をよけていけば、あるいは――。そう考えついたとき、試してみたくなっても決しておかしくはない。

「彼らの母親いわく、猫よけ水、リサイクルボックス、放置自転車の消失は、どれも平日の朝から夕方五時過ぎまでの間に起きたとのことだ。彼らは毎日学校が終わったあとに集まっては、公園内から電波の障害になりそうなものを一つずつよけていったんだろう。どれも移動させるのは難しくないし、周囲の人間に見られてもせいぜい軽く注意されるぐらいだと考えていただろうから、堂々と振る舞っていたんじゃないかな。ちなみに、彼らが通っている小学校は来年から蓮音が通うのと同じところで、そこを翔子さんは『歩いて五分もかからない近所の学校』と口にしていた。小学校は六年生でもおおむね三時半頃には放課になるから、下校後、すぐに作業を始めれば午後五時までには充分間に合ったはずだ」

凜堂の口振りはどこか愉快げだった。

「屋外の電波状況は日によってだいぶ変わるから、障害物をよけた翌日にもう一度確認して、やはり通っていなければ次のものを、という具合だったんだろう。本来なら昨日も同じことを試すつもりだったが、午後から雨が降ったせいで見送ることにした。そして日曜日の今朝、昨日と同じ午前九時頃に公園に来てみると、出入り口付近に大きなアーチ看板があった。看板は僕も持ってみたが、およそ二、三キロと軽かったし、高校まではこちらも徒歩二分程度だから、小学生でも二人がかりなら、やはり問題なく校門前まで運べたはずだ。それを、十時頃に登校してきた高校生たちが見つけたわけさ」

凛堂の推理を聞きながら、僕もいつしか口元に笑みを浮かべていた。

親にばれずに思う存分ゲームで遊ぶため、という実に子供らしい動機が微笑《ほほえ》ましかったというのもあれば、猫よけ水や放置自転車はともかくリサイクルボックスまで持ち出したのはやっぱりまずかったんじゃ、と苦笑せずにいられなかったというのもある。ただそれ以上に、きっと彼らは、公園から毎日一つずつものを除いていく作業自体を楽しんでいたんじゃないか――そう思ったからだ。一つのクエストをクリアすると、また次の新たなクエストに挑む、まさにゲームのように。そんな無邪気さが、このわくわくするような謎を生み出してくれた。そのことが、僕はなぜだか無性《むしょう》に嬉しかったのだ。

「さあ、純。今度こそ僕にお礼を言ってもいいんだぞ？」

凛堂は胸を張りながらそう言う。まさに撫でられ待ちの大型犬だ。もちろんそうするのにやぶさかではなかったものの、調子に乗られるのはやはり癪……と、もうそんな意地を張るのも馬鹿馬鹿しくなって、僕が小さく噴《ふ》き出《だ》したときだ。

「よっしゃあ、電波来た！」

歓声とともにスマートフォンを掲げながら、少年たちは互いの手を打ち合わせた。

デイヴィッド・グロウ、サプライズパーティーを開く

1

――誰かを祝うためのプレゼントは、多ければ多いほど良いに決まっている。

きちんとした統計こそないものの、私を含むアメリカ人の大半はきっとそんなふうに考えているはずだ。アメリカ人という主語が大きすぎるのであれば、カリフォルニア州ロサンゼルスで暮らす私の周囲の人間は、と言い換えてもいい。実際、誰かの誕生日や記念日ともなれば複数のプレゼントを持参する人間はざらで、中には五つも六つも包みを抱えてくる者もいる。さすがにそれはやりすぎだと私は思うけれど、祝われるべき人がたくさんのプレゼントに囲まれている光景はとても素敵なものだ。だから私たちが今まさに目の当たりにしているシチュエーションも、本来ならば実に喜ばしいもののはずなのだった。

けれど。

そんなたくさんのプレゼントの中に、誰も贈った覚えのないものが紛《まぎ》れ込《こ》んでいたとなると、さすがに話は違ってくる。

リボンや包装紙のラッピングを解いて箱から取り出されたそのプレゼントをしばし見つめていた私は、やがてパーティーの参加者たちへと視線を移した。

……状況から考えて、この謎のプレゼントの贈り主は、おそらくこの中にいる誰かだろう。

けれど、一体誰が？

思わず眉《まゆ》をひそめる私の隣で、

「へっへ」

私をこの事態に巻き込んだ張本人であるデイヴィッド・グロウは、憎たらしいぐらいに能天気な笑みを浮かべながらこう言った。

「いやあ、こいつはちょっとばかし、おもしろいことになってきたんじゃね？」

2

まずはとりあえずこのふざけた男、デイヴィッド・グロウと、私――サンドラ・プリーストの関係から語らなければならないと思う。けれど、幸いそこに複雑な事情はまるでない。はるか昔、まだ互いに十歳だった頃から二十年以上も続いている私たちの関係を、デイヴィッドは〝幼馴染《おさななじみ》〟と称し、私はただの〝腐れ縁〟と呼んでいる。

そのデイヴィッドからいきなり電話がかかってきたのは、二週間前のことだった。

「ようサンディ、ご無沙汰《ぶさた》！　最近どうよ？」

「どうも何も、忙しいに決まってるでしょ。ニートのあんたと違ってね」

スマートフォンから聞こえてくる相変わらずの調子に、私は頬杖《ほおづえ》を突いたまま目を細めた。

「うわ、きっつ。けどサンディの切れ味鋭い突っ込み、俺は嫌いじゃないんだぜ！」

「うるさいわね。それより何の用よ。こっちは忙しいって言ってるでしょ。もしどうでもいい用件だったら、あんたの手足を縛《しば》り上げてバルボア湖に沈めるわよ」

忙しいというのは嘘ではなかった。来週は今抱えている案件の証拠開示手続き《ディスカバリ》が控えている。その結果如何《いかん》では、早期に相手方と和解に持ち込めるかもしれないのだ。長く公判を続けるよりは、とクライアントの意思確認も取れている。そのため、今はローファームのオフィスで万年筆片手に関係書類を再度確認中だった。

けれど、

「あー、実はサンディにちょい相談があってさ。うちの親父のことで」

そう言われ、私は手を止めた。スピーカーを解除したスマートフォンをデスクの脇から取り上げ、耳に当てる。

「おじさまがどうかしたの」

「いやさ、お袋のことがあってから、らしくもなくずっと落ち込んじゃってんだよな」

デイヴィッドの母、マーサが病気で亡くなったのは去年の半ばのことだ。六十一歳とまだ若く、葬儀には私も参列した。

デイヴィッドの父、エリックは、本来デイヴィッドに輪をかけて明るく陽気な人だ。それでも、長年連れ添った伴侶《はんりょ》を失った悲しみと辛《つら》さは想像に余りある。落ち込むのも無理からぬことだろう。

「まあ俺も無理に元気出せとは言わねーけどさ、そろそろ前向くためのきっかけも必要なんじゃねーかと思うんだよな。で、親父、昨日から姉貴たちと一緒にカルガリーに滞在してんだけど、再来週で六十歳になるから、一丁、他の親族たちもあっちに呼んで、景気づけのサプライズパーティーでもかましてやるか、って考えてるわけよ」

グロウ家はロサンゼルスの自宅を含め、各地に四つの邸《やしき》を所有している。そのうちカナダのアルバータ州カルガリーにあるのは、たしかエリックの生家だったはずだ。しばらく故郷でゆっくりしたあと、家族に誕生日をお祝いされて、自分は独《ひと》りじゃない、と改めて気づくのは、きっと何よりの癒《い》やしになるだろう。

「あんたにしちゃ悪くないアイディアだけど、どうしてそれを私に相談するのよ」

「いや、サンディも来てくんねーかなって。だって親父、サンディがいると喜ぶし」

親族の集まりによそ者の自分がまじるのは正直気が引けた。けれどグロウ一家——特にエリックには、昔から何かにつけてお世話になってきた。そう言われると無下《むげ》にはしづらい。

「もちろんフライトのチケットはこっちで用意するし。あ、もし来てくれたら、俺特製のキューバリブレを好きなだけ振る舞うぜ！」

「いらないわよ」

私は万年筆を指先で弄《もてあそ》びながら、

「でも、そうね。わかった。パーティーには行くわ」

「よっしゃ、そう来なくちゃな！」

でさ、とデイヴィッドは続けた。

「悪いんだけど、何か適当にプレゼント用意してくんない？　何でもいいからさ。ただし、一人ひとつがルールな」

もとよりこちらも手ぶらで行くつもりはない。ただ何でもいいと言われても、はいそうですか、というわけにはいかない。グロウ家は、ロサンゼルスでも有数の名士一家なのだ。下手なものは渡せない。

というわけで、それからしばらくは忙しさの合間を縫って、デパートを梯子《はしご》したりパソコンでECサイトを巡回したりする日々が続いた。プレゼントとしてNGなのは、まず言うまでもなく相手の嫌いなものだ。それから宗教や政治に関わるもの、数字の13、鏡、黒猫にまつわるものなども避けるのがベターだろう。あれでもないこれでもないと迷いつつ、最終的にはビバリーグローヴのストアで見かけたあるアイテムに決めた。

ちなみにアメリカでは、プレゼントであっても店側はまずラッピングはしてくれない。購入者がセルフでやるのが普通だ。ただデイヴィッドからは、

「あ、全部こっちでやるから、むしろラッピングはせずにそのまま持ってきちゃって」

と言われていた。

どうしても前日まで仕事が入ってしまい、私がカルガリーに飛んだのはパーティー当日の土曜日だった。とはいえ、出張時にはエコノミークラスで東海岸に飛んでいることを思えば、ほぼ時差なし、三時間のフライトは楽なものだ。予定通り午後二時にカルガリー国際空港に到着した私は、カルーセルからスーツケースを回収すると、さっそくタクシーをつかまえてグロウ邸に向かう。

けれどその車中で、スマートフォンに電話がかかってきた。

「久しぶりね、サンディ。元気かしら？　もうこっちに着いてる頃よね？」

「バーナデッド、お久しぶりです。ええ。おかげさまで快適なフライトでした」

デイヴィッドの姉のバーナデッドだった。彼女もエリックとともに、二週間前からこちらに滞在しているはずだ。

「ねえ、悪いんだけどあなたに頼みがあるのよ」

挨拶《あいさつ》もそこそこに、バーナデッドはこう切り出した。

「うちに来る前に、どこかでケーキを買ってきてくれないかしら」

「ケーキですか？」

「そう。私も今作ってるんだけど、人数分はとても無理そうなの。けどデイヴィッドに任せたら何買ってくるかわかったもんじゃないでしょ。その点、あなたならきっと間違いないものを選んでくれそうだし」

「はあ」

「大きさは四人分ぐらいで。あ、でも、なるべくローカロリーで美味《おい》しそうなのをお願いね。それじゃ待ってるわ」

まくし立てるように言われ、電話は切れた。さすがにホスト側の頼みとあっては断れず、私は大急ぎで近くのパティスリーを検索すると、タクシーの運転手に行き先の変更を告げた。

評判のよさそうな16アベニュー・ノースウェイ沿いの店に寄り、まずプレーンのレアチーズケーキを選ぶ。ローカロリーのケーキといえばこれだろう。けれどそれだけではシンプルすぎる気がしたので、葡萄《ぶどう》のレアチーズケーキとピーチタルトも箱に詰めてもらった。葡萄のチーズケーキは、プレーンとほとんど見た目は同じで真っ白の直方体だけれど、片側に白葡萄がお洒落《しゃれ》にあしらわれている。タルトは、色鮮やかな黄桃がたっぷりと贅沢に盛りつけられていた。

なんとか頼まれ事を達成して息をつき、改めてグロウ邸へと向かう。

カルガリーはカナダ有数の都市だけれど、中心部から二十分ほど南下し、大きな川を渡ると、辺りはすっかり大自然の雄大さを感じられる景色へと変貌《へんぼう》していた。

グロウ邸はそんな中に建つ、コロニアル様式の古い邸宅だった。敷地にはいくつもの針葉樹が生えている。周囲にぽつぽつと建つ家屋にくらべれば大きいほうだけれど、それでも現在のグロウ家の総資産からすれば——もちろん正確に把握しているわけではないけれど——その規模は慎ましやかだ。塀《へい》や柵《さく》すらなく、セキュリティがあまり厳しくなさそうなのもいささか不用心に思える。ただそれは、ひょっとするとエリックが生家にあまり手を入れたくないせいなのかもしれない。

精算を済まし、私がタクシーから降りたときだ。

「よう、サンディ！」

その声に振り返ると、通りの向こうからデイヴィッドがやってくるところだった。

顔の造作《ぞうさく》はそれなりに整っていて、肩まで伸びた髪も野性的な魅力がある。けれどかなり丸く幅のある体型をしており、着ているロゴ入りTシャツとデニムはどちらもぱんぱんに張っていた。免許なしで誰でも運転できる電動立ち乗り二輪車――セグウェイを、まるでゲレンデをすべり降りてきたスキーヤーのように私の前で停車させると、ぐっと親指を立てて言う。

「ようこそ、カナダへ！」

「……はいはい」

これまでまったく平気だったのに、どっと疲れた気分になる。へっへと笑うデイヴィッドに、私はため息をついて訊《き》いた。

「一体どこ行ってたのよ？　勝手知ったるロサンゼルスじゃないんだから、少しは大人しくしてなさいよ」

「いやあ、ちょっと食料雑貨店までひとっ走り」

デイヴィッドはくいくいと親指で背後を指す。セグウェイにはキャリアが繋《つな》がれ、そこにはコーラの瓶《びん》ケースが積まれていた。

「パーティーに来てくれたら、サンディには俺特製のキューバリブレを振る舞うって約束したじゃん？　けど、うっかりコーラを切らしててさ」

「別にいらないって言ったでしょ」

まあまあ、とデイヴィッドは手を振り、

「ともかく入った入った。いやもう、まじでばたばたなんだよなこれが」

玄関前にセグウェイを停め、キーを抜いたデイヴィッドは、ふとそこで足元に目を留めた。

「……あん？　ここに置いてくのやめてくれって言ったんだけどなー」

デイヴィッドが言っているのは、玄関の脇に積まれていた段ボール箱のことだ。全部で四つある。宅配便で届いたものだろう。アメリカやカナダの宅配は、特に指示がない場合、荷物は玄関先に置いていく。近頃はそれを狙った窃盗《せっとう》が社会問題化しているぐらいだ。

よっと、と積まれた段ボール箱を抱えたデイヴィッドはドアを開け、邸内へと入っていく。私もそれに続いた。

折れた廊下の先はリビングだった。その室内は、さしずめ建設途中のパビリオンといった有様だ。床は派手な色合いのバルーンだらけ、頭上には三角のフラッグガーランドがいくつも渡されている。奥には中庭に出入りできるドアがあり、そちらの壁には〈Eric, Happy Bir〉というカラーシートのメッセージが張られていた。脚立《きゃたつ》が放置されているので、どうやらまだ作業の途中らしい。隣——おそらくキッチンだ——のほうからは、食器の音と人の声が聞こえてくる。どこもかしこも慌ただしい雰囲気で、たしかにデイヴィッドの言う通り、ばたばただった。

「というわけで、まずはこっちが我が家の天才風船職人な」

デイヴィッドがそう紹介したのは、フロアポンプで黙々とバルーンに空気を入れている少年だった。

十二歳のエイミールだ。利発そうな子で、大袈裟《おおげさ》なデイヴィッドの紹介に照れ笑いを浮かべている。

「こんにちは、エイミール。お邪魔するわね」

「こんにちは、サンディ。遠いところまで、今日は来てくれて嬉《うれ》しいです」

そんな丁寧《ていねい》な挨拶も、とても十二歳とは思えないぐらいに大人びている。

「そんで、こっちが我が家のラッピングエキスパートたち」

大きなソファに囲まれたガラステーブルの前にいたのは、十歳の双子の姉妹であるクロエとモニカだ。

「こんにちは。クロエ、モニカ」

私が声をかけると、赤いドレスに身を包んだ二人は同時に顔を上げた。

「こんにちは、サンディ」

それだけ言って、すぐに目の前の仕事に戻る。ガラステーブルには、家族たちからのプレゼントが入っているとおぼしき紙袋が集められていた。それらをどんなふうにラッピングするか、いろいろな包装紙やリボンをあてがいながら相談していたらしい。その表情は、子供らしくも真剣そのものだった。プレゼントのラッピングが無用だったのは、彼女たちにラッピング係という立派な役割を与えるためなのだろう。

「サンディ、親父へのプレゼント持ってきてくれた?」

玄関から抱えてきた段ボール箱をソファの上に放り投げながら（おい）、デイヴィッドが訊いてくる。

「もちろんよ」

私はプレゼントの入った紙袋を双子たちに差し出した。

「それじゃ二人とも、私のプレゼントのラッピングもお願いできる?」

「任せて」

「完璧に仕上げてみせるわ」

こちらを見上げたクロエとモニカは、使命感に満ちた目で紙袋を受け取った。

その間に、デイヴィッドはリビングを歩いていき、ダイニングキッチンのほうへ声をかけた。

「へい姉貴。サンディが来たぜ」

私もそちらを覗《のぞ》く。

昔ながらのキッチンには、男性が一人、女性が二人いた。

腰巻きのエプロンをした男性はシェフだろう。大きな鍋からレードルでスープをすくっている。その隣では、四十代手前ぐらいのほっそりとした長身の女性が、大きなケーキの生地《きじ》にパレットナイフで白いクリームを塗っていた。そこにシェフが味見用スプーンを渡す。彼女はそれに口をつけると、スプーンを突っ返し、

「だめ。まだ塩味が濃いわ。もう少しマイルドにして、ベルナルド」

「僕はもう充分だと思うんだけどね……」

眉を寄せるシェフに取り合わず、女性は、いいわね、ときっぱり言ってからこちらを振り返り、表情を明るくした。

「サンディ。忙しい中わざわざ来てくれたのに、頼み事までしちゃって悪かったわね」

「とんでもない、バーナデッド。忙しいのはお互い様ですから」

頼まれていたケーキの紙袋を渡すと、バーナデッドは、見ての通りよ、とおどけるように両手を上げてみせた。彼女は結婚後、サンフランシスコで暮らしていたけれど、一昨年《おととし》に離婚してグロウ家に戻ってきたらしい。エイミール、クロエ、モニカは、彼女と元夫との間の子供で、今は夏季休暇の最中だろう。

リビング側を覗いたバーナデッドは、その子供たちに大きな声で言った。

「ほらクロエ、モニカ! ラッピングはサロンでやりなさい。そこでやってたらケーキを出せないでしょ。――ベス! 二人を連れていって」

そう言われ、キッチンでフルーツを盛り付けていた二十代半ばとおぼしき女性が、器から顔を上げた。

「あ、はい。わかりました」

こちらは細身のデニムにエプロン姿だ。おそらくハウスキーパーだろう。手を拭きながらリビングに出てくると、

「さ、二人とも。お仕事はあっちでやりましょう」

ラッピングに夢中のクロエとモニカに、ダイニングキッチンとは反対側の部屋へ行くよう促すと、ガラステーブルの上に広げられた包装紙やリボンといったラッピンググッズを有無《うむ》を言わさず集めて抱えた。クロエとモニカは不承不承といった顔で立ち上がり、彼女に従う。

「エイミールも、バルーンはもうこれだけあれば充分よ。丸くてふわふわしたものは、しばらく見るのも嫌になりそうだわ」

息子にもそう指示して、バーナデッドは再びキッチンに引っ込んだ。

「うん」

粛々《しゆくしゆく》と仕事をこなしていたエイミールは母の言葉でその手を止めると、戻ってきたデイヴィッドに言った。

「じゃあ叔父さん、僕は自分の部屋でバースデーボードを描いてくるから」

「頼んだぜ、天才風船職人改め、天才ボード職人！」

サムズアップしてみせるデイヴィッドに苦笑すると、エイミールは私に、「じゃあまたあとで」と一声かけてからリビングを出ていった。まったくもって、どちらが大人なのだかわからない叔父と甥《おい》だ。

「ところでデイヴィッド、おじさまはご在宅なの？」

「いんや、親父は今ウォーキングで外出中。いつも三十分ぐらい出かけてるから、そろそろ帰ってくるんじゃねーかな」

手首の内側に巻いた腕時計を確認すると、時刻は午後四時三十分だった。帰宅までにサプライズの準備を済ましてしまおうということらしい。

「そう。それじゃ、何か私にも手伝えることはある？」

「もちろんあるぜ。一番重要な仕事がさ」

デイヴィッドはあっけらかんと言った。

「どっかで親父を引き留めて、時間稼ぎしてきてくんない？」

「は？」

眉間《みけん》にしわを刻む私に、デイヴィッドは両手を広げ、

「見ての通り飾りつけも途中だし、ケーキも仕上がってねーし、ラッピングも済んでねーしで、ぶっちゃけ全然準備が終わってないんだわ。それに、他の親族の到着もなんか遅れてるみたいだし」

「ち、ちょっと待ちなさいよ。だからって、私がこんなところをうろうろしてたら不自然きわまりないでしょ」

「そこはそれ、休暇を取って遊びに来て、散歩してたら偶然会っちゃったって感じでさ。他に手の空いてるやつもいないし」

それはそうかもしれないけれど、と少しでも考えてしまったのが失敗だった。これならいけると踏んだのか、デイヴィッドはごり押ししてくる。

「な、頼むってサンディ！　三十分ぐらいでいいからさ、俺たちを助けると思って！　な！」

3

「親父のやつ、いつも家を出たら通りを直進して、大通りにぶつかったところで右か左に折れるんだよな。この時間だとたぶん右回りのコースで、家の右手から帰ってくるはずなんで。よろしく頼んだぜ、サンディ！」

そんなデイヴィッドの声を背に、私はため息をつきながらグロウ邸の玄関をあとにした。そもそもエリックがウォーキングに出ている間の、たった三十分でサプライズの準備を終わらせようという前提に無理があるでしょ……とは、今更言っても詮《せん》ないことだ。とりあえずヒールの高い靴で来なくてよかった、と思うことにする。

グロウ邸の前のT字路に出たところで、左手からパグを散歩させている年配女性がやってきた。パグは小さな足でちまちまと歩いていて実に可愛い。思わずその後ろ姿を眺めていると、女性はグロウ邸の隣家に入っていった。

私はデイヴィッドが言った通り、とりあえず家の右手へ向かう。通りは広いけれど車や背の高い建物の姿はなく、静かなものだ。

うっかり見逃すとまずいので気を配りながら歩いていると、三ブロックほど進んだところで見知った姿を見つけた。息子と同じ恰幅《かっぷく》のいい体型で、ぱんぱんに張ったTシャツにひざ丈《たけ》のカーゴパンツ、足元には厚底のウォーキングシューズを履《は》いている。ベースボールキャップにミラーレンズのサングラスをかけ、規則正しいフォームでこちらへ歩いてきた彼は、私に気づくと、おお、という顔をした。声が届く距離まで近づいて、私は言う。

「ご無沙汰してます、おじさま」

「おいおい、そうかしこまるな、サンディ。エリックと呼んでくれ」

口元に白いひげを生やしたエリックの陽気な物言いに、私は微笑《ほほえ》んだ。

「しかし驚いたな。こんなところで何をしとるんだ?」

「あ、ええ……」

実はデイヴィッドに誘われて遊びに来たんです、溜まった有給を早く消化しろと上司もうるさいですし——というあらかじめ考えていた言い訳を並べようとしたところで、はっは、とエリックが笑った。

「冗談だ。心配せんでも、まだ家には帰らんよ。パーティーの準備が終わってないだろうからな」

私は目を丸くし、それから苦笑した。小さく首を横に振る。

「とっくにお気づきだったんですね」

「もちろんだ。まあデイヴィッドはそれなりにうまくやっていたが、バーナデッドのほうはてんでだめだな。三日も前から急にあれこれ食材を買い込むわ、昨日から念入りにベスに掃除をさせ始めるわ。今日も妙にそわそわして、いかにもさっさと散歩に行けと言いたげだった。むしろ孫たちのほうがよっぽどうまく隠せていたぐらいだ。私もまだ自分の誕生日を忘れるほどボケちゃおらんしな」

「お見それしました」

腕組みをしたエリックはにかりと笑って訊いてきた。

「ところで、アンは変わりなく元気か?」

アン・プリーストは私の母だ。早くに父が亡くなって以来、私たちは母一人子一人の家族である。

「ええ、おかげさまで」

「そうか。それは何よりだ」

感慨深げに言う。

私も、事前に想像していたよりはずっとエリックが元気そうで何よりだと思った、そのときだった。

「エリック!」

声をかけられた。振り返ると、通りの斜向《はすむ》かいからエリックと同年代ぐらいの男性がこちらにやってくるところだった。

「おお、ジョージ。先週以来だな。元気か」

「もちろんだ。今日もしぶとく生きてるさ」

どうやら顔見知りらしい。エリックは彼と私を、それぞれ紹介した。

「サンディ、昔からの顔馴染のジョージだ。ジョージ、こちらは息子の友人だ」

「ほう、デイヴィッドの。ということは、ニートのお仲間か？」

「サンドラです」

なんとか笑みを浮かべたものの、口の端が引きつってしまった。あれと同類視されるのは業《ごう》腹《はら》なので、きっちり訂正しておく。

「大昔からのただの腐れ縁です。生憎《あいにく》働かずに暮らしていけるほど、私は裕福ではないので」

「そうか」

ジョージは喉《のど》の奥で笑いながら、白い歯を見せてこう続けた。

「まああんなツイてるやつはそうそういないだろうからな。いや、デイヴィッドに限った話じゃあない。――何もしなくても、生まれてから死ぬまで家族全員が一生安泰。うらやましい限りだよ、グロウ家の連中は。なあ？」

石を呑まされたように、私は言葉に詰まった。

彼の口調はあくまで明るく、特に気にしなければ、それもまたいつもの挨拶程度のことだというふうに思える。けれど私には、その気安さのオブラートの中に、たしかな毒の存在を感じた。

「おい、どうして俺を息子として生んでくれなかったんだ？　恨むぞ、エリック」

「はっは、そうだな。次こそ期待に応えるさ」

私が出しゃばって、彼らの関係を悪くするわけにもいかない。ただ自分の目つきがみるみる冷ややかになっていくのを止められなかった。たまらず言う。

「おじさま、そろそろ行きましょう。皆待っていますから」

声が硬くなってしまった。おそらくそれに気づいただろうジョージは、それでも悪びれどころか、何を怒ってるんだ、とばかりに笑いながら肩をすくめる。

エリックも終始、笑顔を絶やさなかった。

「そうだな。ではまたな、ジョージ。良い週末を」

「ああ、エリック。そっちも良い誕生日を！」

再びグロウ邸に向かって歩き出すと、ややあってから、

「なあに、気にすることはない。全部彼の言う通りだ」

と、エリックは言った。

「私に特別な才能なんぞありゃせん。今の私があるのは、私の親が築いた財産を継げたからに過ぎんさ」

そんなことはない、と言うのは簡単だった。……もちろんそれだけじゃないはずだ。

グロウ家は、もともとこの土地で小さなクラフトビール醸造所《じょうぞうしょ》を営んでいたそうだ。始めたのはエリックの父で、カナディアンロッキー由来の湧水《ゆうすい》と小麦で造ったビールは、長く地元で親しまれていたという。

転機は四十年前、大手飲料メーカーが資本提携《ていけい》を持ちかけてきたことだ。これをきっかけに

小さな醸造所のビールはたちまちシェアを拡大していき、五年とかからず北米全土で、現在では世界中で展開されるまでになった。

昔からの顔馴染が、親の成功で、自分の及びもつかない富豪になっていくのを目の当たりにするのはどんな気持ちか、想像できないと言ったら嘘になる。

なぜなら私も、かつてはグロウ家に対して――もっとはっきり言えば、その家の子供であるデイヴィッドに対して、妬《ねた》みや嫉《そね》みを抱いたことがあるからだ。

私たちが初めて顔を合わせたのは、今日と同じように、ロサンゼルスのグロウ邸で開かれたホームパーティーでだった。当時引っ越してきたばかりだったグロウ家が、近隣住民との親睦《しんぼく》を深めるという名目で主催したもので、その他大勢の家族と同様、私と母もそこに招かれていた。

「俺はデイヴィッド・グロウ。デイヴって呼んでくれ」

たぶんこいつとは仲良くなれないな、というのが、私のデイヴィッドに対する偽《いつわ》らざる第一印象だった。なんだか致命的に感覚が合わなそうな気がしたからだ。それに決して裕福でない家庭で育った私は、手入れの行き届いた庭やプールの付いた豪邸で何不自由なく暮らしているというだけで、目の前のデイヴィッドのことをおもしろくないと思っていた。

「悪いけど遠慮するわ。あなたとはきっと仲良くなれないと思うから」

早めにはっきりさせておいたほうが互いのためだろう。そんなふうに考え、私は率直に言った。

けれどデイヴィッドはこの素っ気《そけ》ないやりとりから、なぜか私とはまるで正反対の感触を抱いたらしい。以後、学校などで私を見つけると、

「へい、サンディ！　今日も調子よさそうじゃん！」

と、馴れ馴れしく話しかけてくるようになった。

そんな決して相性がいいとは言えないはずの私たちの付き合いが、なぜかくも長く続いているのかは、私自身も不思議に思うところではある。ただ、どれだけ私が辛辣《しんらつ》な対応をしようともまったくめげることのないデイヴィッドのクレイジーさが、少しずつ私から毒気を抜いていったことは事実だった。

そのデイヴィッドはというと、大学卒業後は進学も就職もせず、なぜか〝専業ニート〟などという訳のわからない肩書きを公言し、州を跨《また》いでアメリカ全土をあちこち飛び回るようになった。グロウ家にとっては、まさに絵に描いたような放蕩《ほうとう》息子の出来上がりだ。

「一体何がしたいのよ、あんたは」

私はこれまでに何度か、デイヴィッドにそう訊いたことがある。認めるのは癪《しゃく》だけれど、真剣に勉強すれば、学生時代のデイヴィッドはおそらく私よりもいい成績を残せただろう。家柄だって申し分ない。それらすべてを正しいほうに向けてやれば、きっと何か大きなことを成し遂げられる。そう考えたのは私だけではなかったはずだ。

けれど肝心の本人は、いつも呑気《のんき》にこう嘯《うそぶ》くだけだった。

「んー、まあ実はやりたいことっつーか、一応これだって目標はあるんだよな」

「目標？　何よ」

少なからず興味を引かれて訊くと、デイヴィッドはにやりと口の端を上げ、

「世界を救う！」

「……ああそう」

真面目《まじめ》に聞いて損した、と私はそのたびにこめかみを押さえた。

けれど。

今になってこうも思うのだ。

おそらくデイヴィッドは、周囲から自分がどう見られているのか、今も昔もずっとわかっている。そしてこれまでに、私の与《あずか》り知らないありとあらゆる人間がそばに押し寄せてきたはずだ。今のデイヴィッドの生き方は、それらに何かしらの折り合いをつけた上でのものなのかもしれない、と。

だから私も、今では幾許《いくばく》かの自省とともにこう考えている。

「僭越《せんえつ》ですけどおじさま、人に上下がないように、人の悩みにも上下なんてありません。それに、他人より恵まれているからといって、嫌な言葉を投げかけられてもいいなんて理屈もないはずです。少なくとも、恵まれていることをこれ見よがしにひけらかしたりしない限りは。そして、おじさまやおじさまの家族がそんな人たちじゃないことを、私は知っています」

エリックはサングラスをかけているし、私も前を向いていたので、はたして彼がどんな表情を浮かべていたのかはわからない。それでもやがて、そうだな、と苦笑しながら呟《つぶや》き、

「私も、もっと若いときにそう考えることができていれば、あれこれ失敗をせずに済んだかもしれん」

「失敗？」

「そうとも。例えば相手と関係を深めたいとき、あえて自分の弱みをさらして共感を得ようとしてみたりな」

「それは――どんな弱みなのか気になりますね」

「はっは、もちろん秘密だ。子供や孫たちにも話していないことだからな」

グロウ一家が、どうしてカルガリーからロサンゼルスに移住してくることになったのか、その理由を私は知らない。けれど、さっきの男性の言動を見る限り、きっといろいろなことがあったのだろうと想像はできる。今にして思えば、私が初めて参加したあのホームパーティーも、新たな土地でのグロウ家と周囲の軋轢《あつれき》を予防するためのものだったのかもしれない。

さっぱりとした口調でエリックは続けた。

「まあ時間こそかかったが、さすがにこの歳になれば割り切ることもできる。その上で言えるのは、マーサがいなくなった今、私の唯一の望みは残された家族の顔を曇《くも》らせたくないということだけだ。それさえ叶うのなら、他のことはもうそれなりでいいと思っとるよ」

エリックは去年の八月で会社を後進に任せたそうだ。引退には少し早い気もするけれど、家族との時間を何より大切にするのもまた素敵な生き方だろう。

「だから、そうだな。会社も含めた諸々は、いずれあれに任せるつもりだ」

「あれ?……もしかしてデイヴィッドですか?」

私は眉根を寄せ、

「……正直、その考えには全面的に賛同しかねますけど」

「そうか? 私は適任だと思うがな。何しろあの放蕩息子のおかげで、今もその友人が我が家のパーティーに顔を出してくれるんだ」

反駁《はんぱく》できずにいる私に、エリックは、「だろう?」と言って肩をすくめる。ややあってから私が苦笑とともに両手を上げると、エリックは、はっは、と笑った。

グロウ邸が見えてくる。

エリックは立ち止まると、百八十度くるりと向きを変えた。

「それじゃ、私はもうしばらくしてから帰るとしよう。ああ、だがあんまり長くは無理だぞ。腹だけでなく足までぱんぱんになったらさすがに辛いからな」

「わかりました。気をつけて」

私はグロウ家へと戻る。

強張《こわば》りかけていた気持ちは、いつの間にかほぐれていた。

4

グロウ家のリビングには新しい顔が二つ増えていた。遅れていた親族が到着したらしい。デイヴィッドは彼らを私に紹介した。

「サンディ。こっちが俺の叔母のシェイラで、あっちが従兄《いとこ》のマーティンな」

「シェイラよ。初めまして」

シェイラはエリックの妹だという。五十代で髪は短く、整った眉に大きな目。耳には金のフープピアスをつけている。握手をすると、フレグランスが香った。上品というには少し強いようだ。

「サンドラです。ご親族のお祝いに、よそ者がまじってすみません」

「とんでもない。お祝いに駆けつける人間は多いほどいいものよ。合衆国憲法にもそう書かれてるわ」

微笑みながらの大袈裟な冗談は、私が緊張や遠慮をしないようにだろう。その気遣いに、私はお礼を言った。

「おいおい、デイヴィッド。お前にこんなちゃんとした友人がいるなんて初耳だぞ」

シェイラとのやりとりを、私と同じ三十代前半ぐらいだろう男性が混ぜっ返した。日焼けした肌に長い金髪と白い歯が印象的だ。厚い胸板を覆う柄の入ったシャツ、大きなネックレスというラフなスタイルで、こちらもフランクに手を差し出してくる。

「マーティンだ。デイヴィッドと友人同士とは、正直言って君の星回りに同情を禁じ得ないな」

「ありがとう。でも、ひょっとすると従兄弟同士であるよりはましかもしれないわ」

「ははは、そいつは違いない」

笑いながら握手をする。二人とも気のよさそうな人たちだ。

挨拶が済んだところで、デイヴィッドが訊いてきた。

「んで、サンディ。親父は？」

「もうしばらく歩いてくるそうよ。それより――」

知らせておくべきか迷ったものの、私は一応デイヴィッドにだけ聞こえるよう小声で言った。

「おじさま、サプライズのこと気づいてたわよ」

「あ、やっぱし？　まあ姉貴のあの態度じゃなあ……」

どうやらデイヴィッドも薄々察していたらしい。たまたま近くを通りかかったバーナデッドが言った。

「ん、なによ。私がどうかした？」

「いや何も。さあ、親父が帰ってくるまでにばっちり終わらすぜ！」

その後の準備は私も手伝った。その甲斐《かい》もあってか、およそ二十分の間にリビングの飾りつけは終わっていた。キッチンからはバーナデッド作のスクエア型ケーキが運ばれてきて、あらかじめ用意されていたバースデーボードとともにガラステーブルの上に置かれる。ディナーもスープやオードブルの調理は済み、キッシュやメインのミートローフも一時間後には焼き上がる状態となった。

そして午後五時を三十分ほど回った頃――。

「帰ってきた！」

廊下から玄関の様子をうかがっていたクロエとモニカが、ぱたぱたとリビングへ戻ってきた。

私たちはクラッカーを手に動画撮影のスマートフォンを構えながら、今か今かと待つ。

ややあって、エリックが無防備にリビングへ入ってきた。全員でいっせいにクラッカーを鳴らし、大量のテープと紙吹雪《かみふぶき》を浴びせかける。

「お誕生日おめでとう！」

エリックは驚いた顔をすぐにほころばせ、両手を広げた。

「おいおい！　心臓が止まるかと思ったぞ！」

歓声と拍手の中、クロエ、モニカ、エイミールの三人が真っ先に祖父にお祝いを伝えに駆け寄る。

「おめでとう、おじいちゃん」

「心臓が止まりそうって言ってたけど、もう大丈夫？」

「ありがとう、クロエ、モニカ。もちろん大丈夫だ。正直言うと危なかったがな、お前たちの顔を見たおかげでなんとか持ち直した」

クロエとモニカはくすくす笑い合った。

「六十歳、おめでとう。これからも元気でいてね」

「もちろんだ、エイミール。次はお前の誕生日を祝わなけりゃならんからな」

強く頭を撫《な》でられたエイミールは、くすぐったそうな笑みを浮かべる。

シェイラとマーティンも祝辞を述べ、ハグを交わす。

「おめでとう、エリック。今日は夫と長男は生憎シカゴに出張なの。でも、あとで必ず電話をすると言っていたわ」

「わざわざ帰ってきてくれたのか、シェイラ。ありがとう。アランたちも元気で何よりだ」

「顔を見せたのが次男坊だけで悪いな、叔父さん。まあ、今日のところは俺の笑顔で勘弁してくれ」

「何を言ってる、マーティン。お前の顔が一番見たかったよ」

バーナデッドが笑顔で手を叩いた。

「さああなたたち、心温まるやりとりはとりあえずそれぐらいにして！　まだあとが控えてるんだから。ほら父さん、こっち！」

バーナデッドが手招きをすると同時に、デイヴィッドがケーキに立てられた色とりどりのロウソクにグリルライターで火を灯す。

周囲に押されながらケーキの前にやってきたエリックは、大きく息を吸い込むとそれらの火を吹き消していった。再び歓声と拍手が上がり、マーティンが器用に指笛を鳴らす。

「皆ありがとう。世界一の家族と親族に囲まれて、私は幸せ者だ」

皿にケーキが小さく切り分けて盛られ、グラスにシャンパンが注がれる。私は子供たちと同じく、レモンを加えたサンペレグリノの炭酸水にした。二十代の頃にお酒でやらかしたことがあり、以降、大勢の前では飲まないようにしているのだ。

全員に皿とグラスが行き渡ったところで、デイヴィッドが音頭《おんど》を取る。

「そんじゃ改めて、我らが親父の誕生日に！」

乾杯。

フォークで口に運んだバターケーキは甘さ控えめながらなめらかで、風味もよかった。生地《きじ》に使われている小麦粉も、おそらくはオーガニック製品だろう。いささか物足りなさも感じるけれど、私が買ってきたケーキもあるし、さらにディナーが待っていることを考えればちょうどいいのかもしれない。

「さあて。それじゃそろそろお次のイベント、プレゼントの贈呈に行くぜ！」

全員がケーキを食べ終わったところで、デイヴィッドがそう仕切った。クロエとモニカに手を引かれたエリックを先頭に、私たちは隣のサロンへ移動する。

広いサロンはサンルームを兼ねており、中庭に面した側の壁にはずらりと大きな窓が並んでいた。その前に四角いテーブルと布張りのソファがいくつも置かれている。中央のテーブルには白いユリの花が花瓶に飾られ、それぞれが持ち寄ったプレゼントの包みが山を築いていた。包みは箱やバッグ、さらには包装紙をそのまま巻かれたとおぼしきものまでいろいろで、小さなものはテーブルの上に置かれ、大きなものはその縁に立てかけられている。どれもくるくるとカールしたリボンが結ばれていたり、可愛いシールが貼られたりしていて、見る者を問答無用でわくわくさせた。

「おお、こいつは壮観だ」

エリックの感嘆に、ラッピングを担当したクロエとモニカが得意げな表情を浮かべる。

「では、好きなのから開けちゃってくれ、親父」

「ふむ」

はたして誰のプレゼントから開けられるのだろうか。見ているこちらもちょっとどきどきしてしまう。

「では、まずはこれから行こうか」

もちろん包みそのものを見ただけでは、誰の贈ったものなのか、私たちにはわからない。けれどエリックがその包みを手にした途端、双子たちの顔がほころぶ。それだけでもう、クロエとモニカからのプレゼントなのだとわかった。

テープが剝《は》がされ包装紙から出てきたのは、手のひらサイズの平たい箱だ。その中には味のあるシルバーのバングルが入っていた。

「これはクロエとモニカからだな」

エリックはそう言いながらバングルをはめる。細身のシルバーは、まるであつらえたように彼の左手首にぴたりと収まった。

「どうだ?」

「素敵!」

「とっても似合うわ!」

双子の賛辞に合わせて、ギャラリーから拍手と歓声が飛ぶ。そんな中、私はそれまでとは別の意味で緊張してきた。子供らしからぬセンスに驚いたというのもあるけれど、それ以上に、そのバングルが有名ブランドのアクセサリだったからだ。間違いなく、普通の子供がお小遣いで買えるような品ではない。十歳のクロエとモニカでこうなら、大人たちのプレゼントは一体どれほどの代物なのだろうか。

次にエリックが手に取ったのは、小さなサイズのギフトバッグだった。

リボンを解いて出てきたのは、ロサンゼルス・ドジャースのキャップとチケットケースだ。ケースの中身はホームの全試合を観戦できるシーズンシート用チケットだろう。

エリックは、やはりすぐにプレゼントの贈り主に見当をつけた。

「これはエイミールからだな」

「うん」

エリックはにかりと笑って、すぐにプレゼントのキャップをかぶると、

「よし、ならこいつで一緒に応援に行くとするか。来年こそは絶対にワールドシリーズ出場だからな」

「そうだね！」

祖父への一番のプレゼントは孫と触れ合える時間――と、エリックが考えたかどうかはわからないけれど、これもやはりセンスのいいプレゼントだ。自分もしっかりあやかれるものであるところも、歳相応の少年らしさがあって――価格は別だが――微笑ましい。

次にエリックが手に取った包みを見て、私はどきりとした。

　案の定、包装紙が解かれて出てきたのは見覚えのある箱だった。先週発売されたばかりのiPhone新シリーズの最上位モデル――そのパッケージである。エイミールが、「あ、いいな」とうらやましそうに呟くのが聞こえた。

「これはサンディからかな」

「はい」

　すぐにそうと知れたのは、私の電話番号とメールアドレス、ソーシャルメディアのＩＤが書かれた名刺を添えておいたからだ。

「法的手続きやトラブルの相談があれば、いつでもそれで連絡をください」

「州で一番の腕利き弁護士へのホットラインとは、この上なく頼もしいプレゼントだな」

　もちろんグロウ家には顧問弁護士がいるので、私とエリックのやりとりはあくまでも冗談である。

「よかったな、親父。これで雑貨店での買い物もキャッシュレス決済ができるぜ。俺も普段財布は全然持ち歩かなくなったもんな」

「なあに、私はまだまだクレジットカードで充分だ。こいつはサンディをまたパーティーに呼ぶために使うさ」

　喜んでもらえたようでほっとする。ビバリーグローヴのアップルストアで奮発した甲斐もあったというものだ。

　次にエリックは、両手で抱えられるぐらいの包みを手に取った。

包装が解かれて出てきたのは段ボール箱だ。その中には、紙切れが一枚入っているだけだった。

「うん？　こいつは……」

その紙を確認したエリックは、ほんの少し驚いたように目を見開いた。やがてそれを、私たちのほうに見せてよこす。

そこには犬の画像が印刷され、「もうすぐ僕に会えるよ！」という手書きのメッセージと、来週末に犬と直接会う予約が取れました、という旨の文章が書かれていた。犬は短い毛並みがつやつやとしたチワワの子供だった。

私はすぐにぴんと来た。おそらくブリーダーからのものだろう。犬を飼う際には、まずブリーダーや犬とのミーティングが必要になる。その日取りを知らせる案内状だ。クロエやモニカ、エイミールがたちまち顔を輝かせる中、エリックは訊いた。

「ふむ、参ったな。降参だ。これは誰からのプレゼントだ？」

けれど、なぜか名乗り出る人が誰もいない。全員が首をかしげ、自分以外の面々に目をやったときだ。

「……ふっふっふ」

突然そんな芝居がかった笑い声とともに、一人が前に出た。

「何を隠そう、それは俺からのプレゼントだぜ！」

親指で自分自身を指し示したのは、誰あろうデイヴィッドだ。

「は、そうじゃないかと思ったよ！」

「何をもったいぶってんだか、あんたは」

マーティンとバーナデッドが野次を飛ばすと、デイヴィッドはへっへと笑ってみせ、

「まあマジな話、お袋が嫌いだったからこれまで犬は飼えなかったけど、親父にウォーキングの相棒ができるのもいいんじゃねーかと思ってさ。つっても、こればっかりは準備や相性の問題もあるから、まずは試しに会ってみるだけでもってことで」

　アメリカでは、半数近い世帯が犬か猫を飼っているという統計があり、裕福であるほどその比率は上がる。そう考えてみると、グロウ一家がこれまで何も飼っていなかったのはむしろ不自然なぐらいだけれど、まさかマーサが犬嫌いだったとは私も知らなかった。

「飼いたいわ！　絶対に飼いたい！」

「お願い！　ちゃんとお世話するから！」

　早くもその気になっているクロエとモニカにせっつかれながら、エリックは穏やかに頷《うなず》いた。

「そうだな。考えてみよう。ありがとう、息子よ」

「いいってことよ！」

　ペットの飼育は、たしかに事前の準備や飼い主との相性が何より大切だ。けれどももしうまくいけば、妻を失ったエリックの悲しみを癒《い》やす、新たなパートナーになってくれるかもしれない。

「あんたにしちゃなかなか気が利いてるわね」

私がそう言うと、隣に戻ってきたデイヴィッドは、だろ、というふうに肩をすくめた。

その後も用意された包みが順番に開封されていく。そのたびに小さな歓声が上がり、ときに笑いが起きる、とても和やかで幸せな時間だった。

ちなみに、シェイラのプレゼントはゴルフクラブのセットで、マーティンのほうはサーフボードだ。ぜひエリックも一緒にやろうという誘いのつもりで、自分たちが嗜んでいるスポーツの特注アイテムをそれぞれ贈ったらしい。一方、バーナデッドのプレゼントはウォーキングシューズだった。押しも押されもしないハイブランドの品で、こちらはエリックの満足度と実用性を第一に考えたという。プレゼント一つとっても各々の性格がおおいに表れていて、なかなか興味深かった。

けれど、

「ん？」

全員のプレゼントが開封されたはずなのに。

テーブルの上には、なぜかまだ一つだけ、包みが残っていた。

片手で持てるぐらいの大きさの箱型のものだ。他と同じく包装紙で包まれ、リボンがかけられている。

「これは誰からのプレゼントだ？」

エリックがそう訊いても、手を挙げる者は誰もいない。

自分たちが贈ったプレゼントの中に、心当たりのないものが紛れ込んでいる。この状況にかすかな不穏さを感じたのは、きっと私だけではないだろう。

そこへ、

「あ、もしかして爆弾だったりしてな！」

デイヴィッドが心底余計なことを言ったせいで、あっという間に場が凍りついた。何しろこの男は以前、その底抜けの巡り合わせの悪さでもって、本物の爆弾騒ぎに巻き込まれたことがあるのだ。その場には不本意ながら私もいて、おおいに面倒なことになった。

潮《しお》が引くように、私たちはいっせいにテーブルから距離を取った。そんな私たちに、デイヴィッドは両手を広げ、

「いや、冗談だって冗談。そんなマジにならなくても」

「馬鹿！　責任持ってあんたが開けなさいよ！」

バーナデッドが子供たちを後ろにかばいながら言った。

「まったく皆、薄情なんだから」

ぼやきながらテーブルに歩み寄ったデイヴィッドは、謎のプレゼントの包装紙を何の頓着《とんちゃく》もなくばりばりと破いていった。

はたして、

「……あん？　そりゃひょっとしてミニチュアカーか？」

目を細めて言うマーティンに、デイヴィッドはおどけるように口元を曲げた。

「とりあえず爆弾じゃなさそうだな」

おそるおそる全員がテーブルの周りへ戻ると、デイヴィッドはその箱を、ほいよ親父、とエリックに渡した。

「ふむ」

車のイラストが描かれた外装箱を開けると、中から出てきたのはたしかにミニチュアの自動車だった。美しい曲線で構成されたクーペタイプのクラシックカーで、ピアノのような黒いボディには得《え》も言われぬ艶《つや》がある。ステアリングやシート、ドアパネルといったインテリアも驚くほど精緻《せいち》に作られていた。

「ほう、ブガッティか」

エリックの声が少し高くなったのは、おそらく車の趣味があるからだろう。

「タイプ57SC・アタランテ。実物はたった十七台しか製造されなかったと言われる希少車だ」

それを模したミニチュアカーらしい。何ともお洒落なプレゼントだ。

「おいおい誰だ、プレゼントは一人ひとつってルールを破った悪党は？　さてはお前たちか？」

マーティンがそばにいたクロエとモニカを捕まえるような素振《そぶ》りをする。双子たちはその手を掻《か》い潜《くぐ》り、きゃあ、と楽しげな声を上げた。とりあえず無害なプレゼントだとわかってほっとした——そんな安心ゆえのおふざけだろう。

けれど。

私はそれまでとは別の理由で、ちょっとした戦慄《せんりつ》を味わっていた。

「……すみません、おじさま。そのミニチュアカー、ちょっと見せてもらえますか」

「ああ。もちろん構わんが」

指紋がつかないようハンカチを使って、慎重にミニチュアカー本体を受け取る。

私が気になったのは車体前方に設けられたライトのパーツだった。フロントグリルの両脇にヘッドライトが二基、バンパーにフォグランプが二基、あわせて四基のライトがある。目の高さに掲《かか》げてみると、そのどれもが深い奥行きを感じさせる輝きを放っていた。

いったんミニチュアカーをテーブルに置き、今度は箱の中身を確認する。思った通り、署名入りの保証書が入っていた。

私の職業はＰＬ訴訟専門の弁護士だ。要は、不良品をつかまされて不利益を被《こうむ》ったクライアントに代わって、メーカーに落とし前をつけさせる仕事である。だから、この手の保証書や鑑定書の類《たぐい》は日頃から見慣れている。

「このライトのパーツ、本物のダイヤモンドですね」

六十歳の誕生日は《ダイヤモンド記念日》ともいって、ダイヤを贈ることがある。けれど、それにしたってこれはちょっとすごいものだ。大きさはヘッドライトが一カラット、フォグランプが〇・七カラットぐらいだろうか。いずれもカットは美しく、カラーやクラリティも申し分ない。

私はスマートフォンを取り出し、カメラレンズでミニチュアカーを捉《とら》えて画像検索にかけた。

すると、すぐに製品の詳細な情報が判明した。どうやらミニチュアカーのメーカーが創業三十周年を記念して限定生産した特別品らしい。その価格表記に、私ははっきり眩暈《めまい》を覚えてしまった。

なんと税込みで四万五千ドルだ。

私がその事実を説明すると、いかにグロウ家が富豪一家といえど、さすがに全員が感嘆したり口笛を吹いたりと驚きを露《あら》わにした。

そんな中で、

「いやあ」

デイヴィッドだけが能天気に笑ってこう言ったのだった。

「こいつはちょっとばかし、おもしろいことになってきたんじゃね？」

5

「は。抜け駆けして目立とうなんて、またずいぶん狡《こす》いことをするやつがいたもんだ。こんなことなら俺も、二つ三つ別にプレゼントを用意しとくんだったな」

「そんなこと言って、本当はあなたの仕業《しわざ》なんじゃないの、マーティン。目立ちたがりに関しては、あなたの右に出る者はいないと思うわ」

「どうだろうな。そう言う君だって同じぐらい怪しいんじゃないか、バーナデッド？」

「ねえ、こんなこと言ってるけど、どうなのよシェイラ叔母さん。今日うちに来るまでに、マーティンに怪しい素振りはなかった？」

「そうね。そういえばたった今、マーティンがこれぐらいの箱の入った紙袋を車のラゲッジに入れるのを見たような気がしてきたわ」

「おいおい母さん、そりゃないぜ！　でたらめ言うなって！」

「あ、焦ってる！」

「怪しいわ！」

謎のプレゼントの出所を巡って、まるで余興をおもしろがるように冗談や笑いが飛び交う中、デイヴィッドがへっへと笑って言った。

「謎のプレゼントを贈ったのは一体誰なのか、ってわけだ。となると、ここはやっぱサンディの出番じゃね？」

唐突な指名に、「は？」と思わず眉根が寄る。

「なんでよ」

「だって誰がやったのか突き止めないと、皆収まんないっしょ」

「どうしてそれを私がやるのかって訊いてんのよ」

「じゃあ、俺が仕切るって言って全員が納得すると思う？」

私が目を向けると、グロウ一家は皆で示し合わせたかのように首を横に振った。ほらな、と

デイヴィッドはなぜか得意げに胸を張り、

「その点サンディなら中立の立場だし、弁護士だから考えるのも話すのもうまいし、打ってつけじゃん?」

「……なんてこった《OMG》だわ」

うなだれると、エリックが笑った。

「たしかに、このままじゃ気になって寝つきが悪くなりかねんな。一つ頼めるか、サンディ」

パーティーの主役からそう仰《おお》せつかっては断れない。冗談とはいえ、相談があれば連絡を、と請け合ったばかりでもある。それに何より私自身も、誰の仕業なのか気にならないと言えば嘘になる。

「わかりました。やってみましょう」

肩をすくめて頷くと、ギャラリーから囃《はや》すような喝采《かっさい》が上がった。

「犯人、というのもおかしいですね。ですからここは……《謎のプレゼントの贈り主》とでもしておきましょう。それは一体誰なのか?」

私はぐるりと全員を見渡してから言った。

「一番簡単にそれを確かめる方法は、製品の販売元に購入者を問い合わせることです」

ミニチュアカーに同梱《どうこん》されていた保証書を取り上げる。そこには製品のメーカーと販売元の連絡先が書かれていた。

「けれど、そんな個人情報はまず間違いなく教えてくれないでしょう。とりあえずクリスマスにはまだ早いので、サンタクロースではないと思いますけど」

笑いが起こる。保証書をテーブルに戻して続けた。

「だから、誰が《贈り主》の可能性があるのか、あるいはないのか。まずは先入観を抜きにして、確認していきましょう」

「いいねえ。それらしいじゃないか」

マーティンの茶々を受け流し、私は双子に訊いた。

「ねえクロエ、モニカ。このミニチュアカーは、あなたたちがラッピングしたもので間違いないかしら」

「ええ、間違いないわ」

「わたしたちがやったものよ」

包装紙の種類、リボンの巻き方や結び方、シールの貼り方といった出来や手際を見ても、それは間違いないだろう。

「それなら、このプレゼントのラッピングを二人に頼んだのが誰か、わかる？」

これでわかれば呆気《あっけ》ないものだけれど、幸か不幸かそううまくはいかなかった。

「……わたしたちは、自分たちの仕事に集中していたから」

「……誰がどのプレゼントを持ってきたかは見ていないの」

二人の説明を要約すると、こういうことらしい。

私がグロウ邸を訪れたときに見た通り、最初クロエとモニカはリビングのテーブルでプレゼントのラッピングをしていた。このときラッピングしていたのは自分たちが贈るバングルの箱で、そばに置いてあったのはバーナデッド、エイミール、デイヴィッドから預かったプレゼントだったそうだ。ただし、どれも同じような大きさと色合いの紙袋に入っていたので中身はわからなかったし、どれが誰のものなのかも憶えていないという。

その後、バーナデッドに作業をサロンでするよう命じられた二人は、ハウスキーパーのベスに手伝ってもらい、プレゼントやラッピンググッズとともに、こちらへ移動してきた。そして、ここで二つのテーブルを使い、作業を再開したそうだ。すなわち、

「こっちのテーブルにプレゼントを置いておいて」

「そっちのテーブルでラッピングをしたの」

テーブルの山からプレゼントを一つ選び、もう一つのテーブルでラッピングをする。包装が済んだプレゼントは再び山に戻し、そこから次の未包装のプレゼントを取る、というやり方だ。

その間に何人かがサロンにやってきて、未包装のプレゼントを置いていったらしい。けれど二人はやはり仕事に集中していて、いつ誰が何を持ってきたかはわからないという。

「ちなみに、クロエとモニカ以外に、この謎のプレゼントに見覚えのある人はいますか?」

皆が互いの反応をうかがうものの、誰も手を挙げる人はいなかった。

「わかりました。ありがとうございます」

説明を終えたクロエとモニカは、「だめだった?」と心配そうな顔をする。もちろん二人が

責められる謂《いわ》れは一つもない。私は首を横に振った。

「いいえ。おかげでこのプレゼントが、いつどうやってここに紛れ込んだのかがわかったわ」

私は全員に向けて言った。

「まず考えるべきは、バーナデッド、エイミール、デイヴィッド、そして私を含めた誰かが、紙袋の中に、本命のプレゼントと一緒にこのミニチュアカーを入れていた可能性です。けれど、もし同じ紙袋にプレゼントが二つ入っていれば、その時点でクロエとモニカは不審に思ったでしょう。よって、この可能性は除外できます」

また、と続ける。

「ミニチュアカーのラッピングが、たしかにクロエとモニカの手によるものだと確認が取れた以上、彼女たちがラッピングの作業を終えたあとで、誰かがラッピング済みのミニチュアカーをこっそり山の中に紛れ込ませた、という可能性も除外できます」

つまり、と私は言った。

「《謎のプレゼントの贈り主》は、クロエとモニカが仕事に集中していたときサロンへやってきて、プレゼントの山のテーブルにミニチュアカーを置いていった、ということになります。その機会があったのは、グロウ家の関係者だけでしょう。親族が集まった家によその人間が侵入してきて、あまつさえプレゼントだけ置いていったという可能性は、さすがに現実的じゃないはずです」

状況を整理しただけだけれど、それでも、おお、という歓声が上がった。母親に頭を撫でられ、双子もようやくほっとした様子だ。

これで《贈り主》の正体はだいぶ絞られたことになる。

「では次に、謎のプレゼントの四万五千ドルという価格について考えてみましょう。言うまでもなく、この価格の品を買ってきて、ぽんとプレゼントできる人間は限られます」

バーナデッド、と私は訊いた。

「失礼ですけど、シェフとハウスキーパーへの給料は、日頃の感謝の印にこのプレゼントをお返しできるぐらいのものですか?」

腰に手をやったバーナデッドは苦笑し、

「ベルナルドとベスへの払いは渋っちゃいないはずよ。でも、さすがにそこまでじゃないわね」

「ありがとうございます。それでは、彼らは除外して構わないでしょう」

ちなみにそのシェフとハウスキーパーは、パーティーの準備が済んだところで邸を後にしている。

「同じ理屈でクロエとモニカ、それからエイミールも除外して構わないと思いますけど、どうですか?」

「もし子供たちが勝手にそんなものを購入していたら、私はこの場で卒倒するわね」

バーナデッドはそう冗談めかしてみせたものの、すぐに心配になったのか、スマートフォンを取り出して口座の残高やクレジットカードの利用履歴をチェックし始めた。心配は杞憂《きゆう》だったらしく、すぐにほっと胸を撫で下ろす。

「よかったわね。高額なプレゼントを、親より先に祖父に贈っていなくて」

「シェイラ?」

軽口を叩くシェイラをバーナデッドはにらんだ。クロエとモニカ、エイミールが小さく笑う。

「ところで、私も普段仕事ばかりしているので蓄《たくわ》えがないわけじゃありませんけど、さすがにこれだけ高価なものをプレゼントする余裕はないので、除外させてもらいます」

「おいおい、本当かあ?」

マーティンが混ぜっ返し、私は肩をすくめる。けれど、さすがにマーティンも本気ではなかったようで、こちらにも異論は出なかった。

「最後に、エリックおじさまも除外します。このパーティーはサプライズで、おじさまには知らされていなかった。そうである以上、ミニチュアカーをあらかじめ用意することはできないし、プレゼントの山に紛れ込ませることもできなかったはずです」

こちらも異論は出なかったけれど、もちろん私の言葉には嘘がある。

エリックはサプライズパーティーが開かれることに気づいていた。だからその気になればウォーキングの途中でこっそり家に戻ってきて、どこかに隠しておいたミニチュアカーをプレゼントの山に紛れ込ませることも可能だっただろう。

けれど、それならエリックは、自分がサプライズに気づいていることをわざわざ私に打ち明けたりはしなかったはずだ。黙っていれば、そもそも疑いを招くことすらないのだから。

あるいはそれすら見越した上で、エリックが逆サプライズを目論んだ可能性もないとは言い切れない。けれど、せっかくクロエとモニカが自分を喜ばせようと密かに頑張っているのに、そこに姿を見せて二人の気持ちを台なしにするようなことをエリックがしたとは、私にはどうしても思えなかった。

以上の理屈から、やはりエリックは除外できる。

「というわけで、《贈り主》は残った人たちの中の誰かです」

私は、その四人へと目を向けた。

6

デイヴィッド。

バーナデッド。

シェイラ。

マーティン。

誰一人、動揺する気配を見せなかった。それどころか、誰が《贈り主》だと指摘されるのかを心待ちにしている様子だ。

「さて、いよいよ盛り上がってきたじゃないか」

「マーティン、自白する気はある？　今ならカナダ刑法に則《のっと》って刑の執行は猶予《ゆうよ》してもいいわ」

「冗談だろう。それにそいつを決めるのは君じゃない。陪審員と裁判長だ」

たしかにその通りだ。私はエリックに目を向ける。エリックも微笑み、

「ぜひ続けてくれ、弁護人」

と言った。

「わかりました」

とはいえ、問題はここからだ。

例えば、動機が《贈り主》を絞る手がかりになるかといえば、難しいだろう。なぜなら、仮に《贈り主》が二つもプレゼントを用意したのは、一つではエリックを満足させる自信がなかったからだとする。けれど、金銭的に無価値でも相手には充分満足してもらえるはず、と考える人間もいれば、数万ドルの品を贈ってもまだ足りない、と考える人間もいるかもしれず、所詮《しょせん》客観的に判断できることではないからだ。

では、人物像からではどうかというと、これも同じく難しい。例えば、《贈り主》はきっととてもエリックのことを愛していて、かつ自動車の趣味もわかっている人物なのかもしれない。けれど前者は皆そうだし、後者は誰がそうなのか、やはり確かめようもないことだからだ。

となれば、検討すべきポイントはやはり一つしかない。誰にプレゼントの山にミニチュアカーを紛れ込ませる機会があったのか、あるいはなかったのかだ。

「現場の状況を検証してみましょう」

皆が見守る中、私はまず、開封されてテーブルに戻されていたプレゼントと、それらが納められていた箱や包装紙、ラッピングバッグを念入りに調べていった。問題のミニチュアカーから始め、全員のプレゼントを一つずつだ。

すると、いくつか気になる点が見つかった。首をかしげたものの、とりあえず今は保留しておく。

次にテーブルの上を調べる。アンティークの四角い木製テーブルには、プレゼントを別にすれば、やはり白いユリの花が活けられた花瓶が載っているだけだ。テーブルそのものを含め、特に変わった様子は見当たらない。

他に何か手がかりになりそうなものは、と辺りを見回す。

プレゼントが載っているテーブルとも、クロエとモニカがラッピングに使っていたテーブルとも別の、第三のテーブルの上に、私が差し入れたケーキが置かれている。アフタヌーンティー用のスタンドの、上段にプレーンのレアチーズケーキ、中段に葡萄のチーズケーキ、下段にピーチタルトが載せられている。そのうち上段のレアチーズケーキは四分の一ほど減っており、脇に置かれた皿とフォークには使われた形跡があった。ここで仕事をしていたクロエとモニカがおやつに食べたのだろうか。喜んでもらえたのなら嬉しいけれど。

——これ以上気になるものはないと見切りをつけ、私は皆のほうに振り返った。

「パーティー準備中における全員の行動を確認させてください」

デイヴィッドが言う。

「全員？　けど、チビたちは関係ないんじゃなかったっけ？」

「たしかに子供たちは《贈り主》じゃないわ。けど準備の最中、そうとわからないまま手がかりを目撃していたかもしれないでしょ」

私は双子のほうに視線を移し、訊いた。

「それじゃ、まずはクロエとモニカから聞かせてもらえる？　二人はずっとここでラッピングをしていたのよね。何時に始めて、何時に終わったか憶えてる？」

はたして正確な時刻がわかるかどうか不安だったけれど、クロエは即答した。

「四時三十分から始めて、五時に終わったわ」

「それは確か？」

訊き返すと、今度はモニカが言った。

「間違いないわ。あの柱時計を見てたもの」

サロンの壁際には柱時計が置かれていた。文字盤の針も、私の腕時計と同じ正確な時刻を指している。

「オーケー。あなたたちは四時三十分から五時までの間、ここでラッピングをしていた。ちなみに、それ以外に何かしたこと、あるいは気になったことはある？　どんな些細《ささい》なことでもいいわ」

二人は顔を見合わせる。先に口を開いたのはやはりクロエだった。

「わたしたちがここで作業を始めてすぐに、ベスがケーキを出してくれたわ」

「ああ、あれのことね」

第三のテーブルのケーキスタンドを指すと、クロエは頷いた。私が渡したものを、バーナデッドがハウスキーパーのベスに預けたのだろう。

「そう。美味しかった？」

「いいえ」

首を横に振ったのはモニカだ。私は思わず、え、と声を出してしまった。けれど、

「わからないわ。わたしたちは食べてないから」

「あなたたちが食べたんじゃないの？」

こくりと頷く。では、誰が食べたのだろうか。

それ以外に双子が気づいたことはないというので、私は質問を終えた。

「ありがとう。それじゃ、次はエイミール」

「はい」

利発な少年は証言を間違えまいとしてか、慎重に考える素振りを見せながら言った。

「えっと、四時三十分から五時までの間ですよね。僕はリビングでバルーンを膨《ふく》らませていたんだけど、母さんにもうそれぐらいでいいって言われたから、自分の部屋でバースデーボードを描き始めました」

たしかにその場には私もいた。そのあと、私は〝時間稼ぎ〟に出かけたのだ。

「バースデーボードを仕上げたあと、リビングに戻ってきてガラステーブルの上に置きました。

にかみ、

「それが四時四十分ぐらいです」

「たった十分で、よくあのボードが描けたわね」

飾られていたボードは、凝ったデザインの立派なものだった。エイミールは照れたようにはにかみ、

「昨夜までにほとんど描いてあったんです。そのあとは、昨日届いていた花を花瓶に挿してサロンに飾りました」

プレゼントが置かれたテーブルの上にあるユリの花は、エイミールが飾ったものだったらしい。

「八面六臂《はちめんろっぴ》の活躍ね」

「ベスはすごく忙しそうだったから」

再度照れ笑いを浮かべる。

「それからお手洗いに行って、出てきたときにドアの前で、シェイラに会いました」

「シェイラに？」

私が目を向けると、シェイラは肩をすくめた。その辺りはあとで本人に訊くことにする。

「リビングに戻ったら、サーフボードを抱えたマーティンがいたから挨拶をして、プレゼントはサロンに置いてくださいってお願いしました。それが四時四十五分ぐらいだったかな」

マーティンも頷く。こちらも確認はあとだ。

「そこにシェイラが戻ってきて、リビングの飾りつけや片づけを手伝ってくれました。デイヴ

イッド叔父さんが来て、同じくそれに加わってくれたのが、四時五十分頃です」

デイヴィッドはへっへと笑った。いったん無視する。

「そして、その五分後の四時五十五分頃に、サンディが帰ってきました」

以上です、と利発な少年は締めくくった。

「ありがとう。よく整理されていて、とてもわかりやすかったわ。ちなみに、サロンのケーキを食べたのはあなた？」

「え？」

エイミールはきょとんとして、

「えっと、あのプレーンのチーズケーキですよね。いえ、僕じゃないです。僕がサロンに来たときには、もう誰かが食べたあとでしたから」

「そうなの？」

子供たちのうちの誰かだと思っていたのだけれど。では、一体誰が？

小さく首を捻《ひね》りつつ、今度はエイミールの証言の中に出てきた人に水を向けていく。

「それじゃ、次にシェイラ。お願いします」

「やだわ。なんだか緊張するわね」

まったくそんな素振りもなく、シェイラは楽しげに言った。

「私と息子が車で到着したのは四時四十分頃だったわね。駐車とプレゼントを運ぶのは息子に任せて、私は先に家に入ったわ。ダイニングキッチンに行って、そこでバーナデッドに挨拶をした。その後、お化粧を直しに行ったら、ちょうどお手洗いから出てきたエイミールに会ったわ」

たった今、エイミールの証言に出てきた話だ。

「それからリビングに戻ると、ちょうど息子がプレゼントをサロンに運んでいくところだった」

簡単な化粧直しに五分かかるとすれば、四時四十五分過ぎ――時間的にも、やはりエイミールの証言と一致している。

「そのあとは、リビングで飾りつけや片づけをするエイミールを手伝っていたわ。そこへディヴィッドがやってきて、そのあとあなたと対面したわね」

なるほど、と思う。ではあのとき、少し香水が強く感じられたのは、お手洗いでつけ直したからだったのか。

「それじゃシェイラ、あなたはこの家に到着してからたった今まで、サロンには一歩も立ち入っていないということですか？」

「そうなるわね」

もちろん鵜呑《うの》みにはできない。

証言を聞いた限り、シェイラはバーナデッドに挨拶をしたあと、化粧直しの前にサロンには充分行けたはずだ。ミニチュアカーは、あらかじめ車の後部座席の足元に隠しておいて、マーティンに駐車を任せた際にハンドバッグを取る振りでもして持ち出せばいい。

けれど、それらの追及はいったんあとにする。

「それじゃ次に、マーティン、お願い」

「オーケー」

マーティンは首をぽきぽき鳴らしてから言った。

「といっても俺の場合、ほとんど母さんが話した通りだな。先に母さんを降ろしてから、俺は車をガレージに停めて、二人分のでかいプレゼントを抱えて家に入った。ああ、母さんが先に中に入ってたし、悪いが俺も無断で入らせてもらったよ。で、リビングでエイミールとこぶしを打ち合わせてから、その足でプレゼントをサロンに運んだんだ。まあ双子たちは仕事に熱中していたせいで全然こっちに気づかなかったから、ちょっかいをかけるのはよしたけどな。だからゴルフバッグはプレゼントのテーブルのそばに置いて、サーフボードもテーブルに立てかけておいたんだ」

「なるほど。それで？」

「それからリビングに戻り、しばらくしたらしれっとデイヴィッドがやってきて、そのあとでサンディ、君に会った。その後は知っての通りだ」

つまりマーティンもサロンにプレゼントを運び込んだとき、ミニチュアカーを紛れ込ませることができた、というわけだ。リビングでエイミールに会ったときも、ミニチュアカーならサーフボードの陰に充分隠せただろう。

「ふうん。ところで、ちょっとあなたに訊きたいことがあるんだけど」

私はマーティンのプレゼントである、テーブルに立てかけられた流線形のサーフボードの先

端を指で示しながら、

「このボード、先端に汚れがあるんだけど、これは何かしら」

「ん？」

さっきプレゼントを調べていて見つけたものだ。

ボードの長さは七フィート弱で、思った以上に幅と厚みがある。表面にはハイビスカスをモチーフにしたハワイアンテイストの柄が入っており、なかなかお洒落だ。

問題は裏面だった。レジンで加工されてつるりとした先端《ノーズ》部分に、茶色い汚れが付着している。私が使っている万年筆のインクのように油分を含んでいるのか、指でこすってもなかなか落ちない。

「本当だな。なんだこりゃ？　一体どこでついたんだ？　ここに運び込んだときにはなかったはずなんだが」

「心当たりはないの？」

「まったくな。だってプレゼントだぜ？　汚れてりゃ落とすし、何なら別のに取り替えるさ」

「そう」

実は、汚れが付着していたのはそれだけではなかった。問題のミニチュアカーの外装箱を包んでいた包装紙の表面にも、まったく同じ汚れが付着していたのだ。

もともと包装紙が汚れていたのだろうか。いや、それならクロエとモニカが気づいて、別の包装紙を使っただろう。かといってラッピンググッズの中に、ペンやマーカーなど、こんな汚れがつきそうなものはなかったはずだ。

では、これらの汚れはいつ、どこで付着したものなのだろうか。そしてこれは、何らかの手がかりになり得るのだろうか。

わからない。

とりあえず、これらの追及もあとだ。

「ありがとう。それじゃ次に、バーナデッド」

そう指名すると、バーナデッドは露骨に眉を寄せ、鼻から息を吐いた。

「私は無理よ。だって四時三十分から五時までの間、ずっとキッチンにいたんだから」

「あ、ええ、なるほど。でも、もう少しだけ詳しくお願いできますか」

「詳しくって……だからケーキにクリームを塗ってたわよ。それはベスやベルナルドに確認してもらえばわかるわ。ちょうどケーキが完成したときにシェイラが挨拶に来てくれたのよね。それが四時四十分。で、そのあとは、ちょっと疲れたからダイニングキッチンの椅子で休憩してたわ」

「休憩？」

「だって、あの大きさのケーキを私一人で作ったのよ？　少しぐらい休んだって構わないでしょ」

「ええ、それはもちろんです。ちなみにその間、ベスとベルナルドはどうしていましたか？」

「それぞれの料理に取りかかってたわ」

ということは、バーナデッドから目を離していた時間もかなりあっただろう。

「そのあと、リビングが騒がしくなってきたから顔を出したら、あなたたちがいたってわけ」

それが、私が帰ってきた四時五十五分のことらしい。

つまりバーナデッドも、シェイラが挨拶に来た四十分からリビングに人が集まる四十五分までの間、サロンに立ち寄ってミニチュアカーを紛れ込ませることができたわけだ。勝手はわかっているはずだから、ミニチュアカーを手近などこかに隠しておくことも充分可能だっただろう。

ただ、もちろんそうしたという証拠もない。この追及もあと回しだ。

「それじゃ最後に、デイヴィッド」

「よっしゃ、待ちくたびれたぜ！」

「……うるさいわね。さっさと話しなさい」

他の人の話の中に、なぜかデイヴィッドだけが最後まで出てこなかったけれど、一体どこで何をしていたのだろうか。

はたしてデイヴィッドは腕を組むと、

「実は四時三十分から四時五十分ぐらいまで、ちょっと出かけてたんだよな」

「はあ？」

眉をひそめる私にぬけぬけと言った。

「いやさ、サンディにキューバリブレを振る舞うって約束したじゃん？　けど、ラムも切れてるのに気づいて、だからまた食料雑貨店までセグウェイでひとっ走り」

「ひとっ走りって……あんたね、パーティーの準備はどうしたのよ」

「いや、これだって立派な準備じゃね？　あ、買ってきたラムはリビングのカウンターの上な」

たとえその現物があったとしても、それだけで信じられるはずがない。

「そのときのレシートは？」

私が訊くと、デイヴィッドはジーンズのポケットからナイロンの財布を取り出した。ベルクロテープをバリバリいわせながら開けて中身を確認し、続けてポケットを探ると、あっさり両手を広げ、

「あー、ないな。もうどっかに捨てたのかも」

怪しすぎる。

「最寄りの雑貨店まで、セグウェイで片道どれぐらいなの」

「大体十分弱だな」

つまり、もし本当に買い物をしてきたのだとしたら、サロンのテーブルの上にミニチュアカーを紛れ込ませる機会はデイヴィッドにはまったくなかったということだ。けれど実は事前にラムが購入済みだったとすれば、もちろん機会は充分にあったことになる。

「……まあいいわ。それと、あんたのプレゼントについても訊きたいことがあるんだけど」

「へいへい、なによ？」

「この犬の案内状が入っていた箱、外側の底が土で汚れているのはどうしてなの」

「は？」

私は箱を持ち上げて底を指差した。油分のない、明らかに土埃《つちぼこり》とおぼしき汚れが底面全体についている。箱の包装紙にも、その汚れがうっすらと移っていた。デイヴィッドはしばらく首をかしげながらそれらを眺め、

「ああー、ひょっとしてあれかな。この箱、届いたあと自分の部屋の床に置いといたんだよな。それで汚れちまったのかも」

「……ああそう」

萎《な》える返事に私が目を細めると、デイヴィッドはぐっと親指を立ててみせた。

全員から話を聞き終えた私は、静かに腕を組んだ。皆、期待のこもった目でじっとこちらを見ている。

彼らの話すべてを突き合わせてみる限り、サロンに立ち寄ってプレゼントの山にミニチュアカーを紛れ込ませる機会は、四人全員にあり得たことになる。

けれど、人がいつでも本当のことを話すとは限らない。

証言から生じる些細な違和感や疑問――それらを頭の中でしつこくほじくり返す。すると、やがてそれまでとは違う別の絵が見えてくる。それに沿って状況を整理していくと、いくつもあったはずの可能性が消えていき、やがて最後に一つだけが残った。

私は腕組みを解くと、小さく息を吐いてから言った。

「お待たせしました。《謎のプレゼントの贈り主》が誰なのか、わかりました」

7

多少もったいぶるのも演出のうちだろう。いやが上にも膨らんだ期待をさらに煽《あお》るように、私はゆっくりとその場を歩きながら言った。

「《贈り主》がデイヴィッド、バーナデッド、シェイラ、マーティンの四人に絞られたことはすでに述べた通りです。では、この四人のうちの誰がそうなのか？　それは、やはり誰にミニチュアカーを紛れ込ませる機会があったのかを検討する——もっと言えば、機会のなかった人を除外していくことで、明らかにできました」

そこで私は人差し指を立て、

「ですが、その説明をする前に、皆さん一つだけ約束をしてください。このパーティーは、あくまでおじさまの誕生日を祝うためのもの。そんな場に他者への非難はふさわしくありません。ですから、もしこのあと何かしらの真実が明らかになっても、決してその当事者を責めないこと。それを約束してくれますか？」

「はっは、もちろんだとも。むしろ、こんなすばらしい謎解きの余興を提供してくれたことに礼を言いたいぐらいだ」

エリックの言葉に、全員が小さく拍手する。

「わかりました」

　私は頷き、口火を切った。

「まず最初の手がかりになったのは、マーティンのプレゼントであるサーフボード——それに付着していた汚れです」

　さっきと同じように、テーブルに立てかけられたボードの先端を指し、

「これと同じ汚れが、問題のミニチュアカーをラッピングしていた包装紙の表面にも付着していました」

　次いで、テーブルに置かれた包装紙のほうを指差した。どちらにも茶色く、かすかに油分を含んだ汚れが付着していることは、すでに確認した通りだ。

「マーティンがボードをサロンに運び込んだとき、こんな汚れはついていなかったそうです。何しろプレゼントですから、気づいていれば汚れを落とすか別のに取り替えた、という彼の証言ももっともでしょう。つまりこの汚れは、マーティンがサロンにボードを運び込んだあとに、何らかの原因で付着したことになります」

　けれど、と私は続ける。

「掃除は昨日からベスが念入りにやっていたそうですし、実際このテーブル周りにそれらしい汚れは見当たりません。あるいはミニチュアカーをラッピングしていた包装紙のほうが先に汚

れていて、それが何かの拍子にボードに移ったのでしょうか？　いいえ。それならクロエとモニカがさすがに気づいて、別の包装紙に取り替えたはずです。ラッピンググッズには、ペンやマーカーの類はありません。ラッピンググッズを運んだベスも、まさか油汚れのついた手で運びはしなかったでしょう。では、この汚れは一体何が原因で付着したのか？　状況から推察するに、残る可能性は一つです」

私はそちらへ目を向ける。

そこには白いユリの花が、花瓶に飾られていた。

マーティンがはっとして声を上げる。

「そうか、花粉か！」

「ええ。ユリの花は花粉が落ちやすい。しかも油脂《ゆし》が多く、付着するとインクのように取れなくなる。おそらくマーティンがサーフボードをテーブルに立てかけた際、その先端が花の葯《やく》に触れた。そのときボードに花粉が付着し、同時に、その下にあったミニチュアカーの包装にも花粉が落ちたんでしょう」

「……なるほどな。しかし難癖をつけるわけじゃないが、包装紙のほうの汚れは、俺がボードを持ち込んだときじゃなく、何か別の拍子に——例えばエイミールが花瓶を持ち込んだときか、双子が包装済みのプレゼントを山に戻したときについた可能性もあるんじゃないか？」

鋭い指摘だけれど、私は首を横に振った。

「いいえ。もしそうなら、あなたのボードが花に触れて落ちた花粉の痕跡が、どこか別に残っているはずよ。けどテーブルの上にも、他のプレゼントにも、それは見られなかった」

「降参だ。ぐうの音も出ないな」

マーティンは潔《いさぎよ》く両手を上げた。そこへ、

「ひどいわ、マーティン」

「わたしたち、一生懸命頑張ったのに」

せっかくのラッピングを汚された双子が膨れっつらをしてみせる。

そんな二人をなだめるべく、私は言った。

「ねえクロエ、モニカ。さっき約束したはずよね？　誰も責めないって」

「あ」

顔を見合わせた二人は、やがて首を横に振りながら、

「……わかったわ」

「……許してあげる」

「ありがとう、二人とも。この埋め合わせは必ずするからな」

マーティンに頭を撫でられ、クロエとモニカは笑う。私も微笑みながら言った。

「マーティンがグロウ邸に入ってきて、サロンにサーフボードを運び込んだのが四時四十五分。その時点でプレゼントの山の中には、すでに包装済みのミニチュアカーが紛れ込んでいたということです。以上から、マーティンは除外できます」

「次の手がかりになったのが、私がバーナデッドに頼まれて買ってきたケーキです」

私はケーキスタンドが置かれた、第三のテーブルに向かって歩きながら言った。

「ご覧のようにケーキは四分の一ほど、誰かに食べられています。けれど全員から話を聞いたにもかかわらず、自分がケーキを食べたと証言する人はいませんでした」

「あれ、そういやそうじゃん」

デイヴィッドが手を打つ。互いに顔を見合わせるけれど、やはり名乗り出る人はいない。

「一体誰がケーキを食べたのか？　この謎を解くヒントは、エイミールの証言にありました」

「え？」

声を上げたのは他ならぬエイミールだ。

「エイミールが《贈り主》でないことはすでに述べた通りです。ですが彼は、私の質問にいくつか真実ではない返事をしました。そうね、エイミール？」

どうやら隠し事が苦手な性質《たち》らしい。私が質《ただ》すと、少年はたちまち黙り込んでしまった。

「彼は誰かに食べられたケーキのことを、プレーンのチーズケーキ、と証言しました。たしかに私が買ってきたのは、プレーンのレアチーズケーキです。ただ見てもらえればわかるように、スタンドの中段にはまったく同じような色と形の、片側に白葡萄が飾りつけられたチーズケーキがあります。であれば、上段のチーズケーキにも何かフルーツが飾りつけられていたかもしれない。そう思うのが自然です。にもかかわらず、彼ははっきりと、プレーンの、と証言したのです」

「あっ」

と、誰かが声を上げた。同時に、言われてみれば、という空気が場に生じる。エイミールはますます肩を縮《ちぢ》こめた。

「導かれる答えは一つしかありません。それができるのは、買ってきた私か、食べた人物以外にあり得ない。よって、ケーキを食べたのはエイミールです」

エイミールに言い逃れるつもりはないらしく、

「……ごめんなさい」

とうなだれた。

「けど、どうしてそんなことを隠すんだ？　別に誰も責めやしないだろうに。なあ？」

マーティンがそうフォローしたけれど、何人かが心当たりのありそうな表情を浮かべるのを私は見逃さなかった。

「バーナデッド。たしかスープの塩味について、シェフに細かく指示を出していましたね。子供たちの飲み物は、ジュースじゃなくて炭酸水。バターケーキも甘味はかなり抑《おさ》えられていて、素材もオーガニック食品が使われているように思いました。私に追加でケーキを買ってくるよう頼んだときも、なるべく甘さ控えめのローカロリーで、とのことでした。きっと普段から食べ物にはかなり気を遣っているんじゃ？」

「まあね」

バーナデッドはため息とともに認めた。つまり、子供たちは甘いお菓子の類を制限されているのだろう。

「もちろん健康のためにはいいことです。ただ食べ盛りの少年にとって、普段口にできない甘い物の誘惑は抗《あらが》いがたかった。だから、つい言いつけを破って口に運んでしまったんでしょう」

それほど美味しかったのであれば、私としては買ってきた甲斐があるというものだけれど。

「……父さんの誕生祝いだし、今日ぐらいは甘いものも大目に見るつもりだったのよ。でも、まさか私に無断で隠れて食べるなんて」

母にじっとにらまれ、エイミールがぎくりとする。そこへ、すかさず私は待ったをかけた。

「バーナデッド。約束したはずですよ」

バーナデッドが、む、と口をつぐむと、エリックとデイヴィッドも笑いながら言った。

「ああ、たしかにその約束だ」

「へっへ。こいつは一本取られたな、姉貴」

きっ、と父と弟のほうを振り向いたバーナデッドは、大きな声を出した。

「うるさいわね！　大事な子供たちを将来あんたたちみたいな体型にしないためでしょうが！」

よその家の教育方針に口を出すつもりはないし、何より親が子を思う気持ちは責められない。

私は苦笑し、続けた。

「エイミールは四時四十分にユリの花をサロンに飾り、そのあとお手洗いに行って、四十五分にマーティンとリビングで会った、と証言しました。けれど、本当はサロンでケーキを食べていた。使った皿とフォークもここに残っているので、食べ終わるまで彼はどこにも行っていないはず。つまりエイミールは、本当はお手洗いには行かず、ずっとサロンにいたということです」

　私の言葉に、エイミールは申し訳なさそうに頷いた。

「バーナデッドには、シェイラが挨拶に来た四十分からリビングに人が集まる四十五分までの間、サロンに立ち寄ってミニチュアカーを紛れ込ませる機会がありました。ただその五分間、サロンにはエイミールがいた。もしバーナデッドがサロンへ来ていれば、ケーキを食べているエイミールのことを間違いなく見咎《みとが》めたはず。以上から、バーナデッドも除外できます」


「さて、ここでさらに三つめの手がかりが浮上しました」

　ばつが悪そうにしているのはシェイラだ。何人かが、あ、という顔をする。

「エイミールはサロンに花を飾ったあと、お手洗いに行って、出てきたところでシェイラに会ったと証言しました。けれどみなさんすでにご存知のように、エイミールはお手洗いには行っていません。この矛盾をどう考えるべきでしょうか？」

　私は少し間を置いてから続けた。

「四時五十分に私がこの邸に戻ってきて最初にシェイラと挨拶を交わしたとき、香水の匂いが少し強いように感じられました。だから、その直前にシェイラが化粧直しをしたこと、少なくとも香水をつけ直したことは間違いないでしょう。けれど、それらを人目のあるところでするはずがありません。一方で、エイミールとシェイラが四時四十分から四十五分の間の行動についてあらかじめ口裏を合わせていたとすれば、二人がその時間に顔を合わせていたことは間違いないはずです。シェイラが人目を避けるために向かい、かつサロンにいたエイミールと顔を合わせる可能性のある場所――それは庭しかありません」

サンルームを兼ねたサロンには、いくつもの窓が並んでいて、その向こうには中庭の芝生が広がっていた。中庭にはリビングのドアから出ることができる。

わざわざシェイラが庭へ出た理由は何か。本当に化粧直しだけが目的なら、それこそお手洗いでいいはずだ。それらしいものは一つしか思い浮かばなかった。

「シェイラ、煙草を吸っていたんじゃありませんか？」

私がそう指摘すると、たちまちマーティンがシェイラを見つめた。シェイラは首を縮める。

喫煙自体はもちろん合法だけれど、昨今のアメリカ社会は喫煙者への風当たりが本当に強い。隠したいと思うのも当然だろう。

「母さん、いい加減やめるって約束しただろ？」

「ついね。ついよ。あ、責めないって約束のはずよ？」

「おいおい、開き直るなよな」

「わかった。わかったから。さっきのが最後よ。ね」

シェイラは両手を振り、マーティンはため息をつく。母子のやりとりが一段落したところで私は咳払いし、

「状況から察するに、エイミールはシェイラの喫煙を、シェイラはエイミールがケーキを隠れ

て食べているところを、互いに目撃したんでしょう。そしてエイミールはキッチンにいるバーナデッドにケーキを食べたことがばれないように、二人で口裏を合わせたんです」

マーティンに喫煙がばれないように、シェイラはすぐあとからやってくるマーテ強めに香水をつけたのは、もちろん煙草の臭いをごまかすためだ。

「証言通りなら、バーナデッドに挨拶をしにキッチンへ行った四時四十分から、お手洗いの前でエイミールに会ったという四時四十五分までの間、シェイラにもサロンに立ち寄ってミニチュアカーを紛れ込ませる機会がありました。けれど本当はそのとき、シェイラはお手洗いには行かず、庭で煙草を吸っていた。以上から、シェイラも除外できます」

これで四人のうち三人が除外されたことになり、その場の視線は言わずもがな、残る一人へと集まった。

私は小さくため息をつきながら言う。

「《謎のプレゼントの贈り主》はあんたね、デイヴィッド」

「いやあ、ばれちまったか！」

あっさりデイヴィッドが認めると、

「やっぱりお前か！　そうじゃないかと思ってたぜ！」

「まんまと一杯食わされたわね」

マーティンが笑いながらデイヴィッドの背中を叩き、バーナデッドは悪態をつく。その他の面々も、人騒がせなパーティー主催者を遠慮なく囃《はや》し立てた。

「《贈り主》があんたなら、動機についても大方想像がつくわ。あんたは、エリックおじさまが実はサプライズパーティーに気づいてるんじゃないか、って疑ってた。だからこんな手の込んだことをして、新しいサプライズを演出したんでしょう」

「その通り！　皆、楽しんでいただけたかな？」

まったく悪びれることのないデイヴィッドだったけれど、エリックは心底満足げに頷き、

「ああ、もちろんだ。こんなすばらしいサプライズは他にないさ」

パーティーの主役にそう言われるまでもなく、本気で文句のある人はその場にいなかっただろう。

全員の温かい拍手や笑い声とともに、サプライズイベントは幕を閉じた。

8

ダイニングでの食事のあとは、しばし思い思いのチルアウトタイムを過ごした。

リビングではマーティンがギター片手にボブ・マーリーを口ずさみ、子供たちはそれを聞いたり一緒に歌ったりしている。バーナデッドとシェイラはダイニングで話に花を咲かせていた。

デイヴィッドはキューバリブレに使うライムも切れていることに気づいたと言って、再びセグ

ウェイで近所の食料雑貨店へ出かけていった。

エリックは中庭にいた。デッキチェアに座り、ショットグラスでスコッチをちびちびやっている。リビングから出てきた私に気づくと、サイドテーブルの空のグラスを笑顔で持ち上げた。

「どうだ。サンディもやるか」

「できればご相伴《しょうばん》に与りたいんですけど……一応控えているもので」

「そうか」

あっさりと言ったあと、エリックは前を向いておもむろに続けた。

「さっきのことだが、本当はわかっていたんだろう?」

何を訊かれているのかは察しがついた。つまり、エリックもわかっていたのだ。

「はい」

カルガリーの夏は過ごしやすい。日が落ちて気温が下がり、今はもう少し肌寒いぐらいだ。

《謎のプレゼントの贈り主》は四人のうちの誰かであり、そのうち三人は除外できたので、残るデイヴィッドが《贈り主》に違いない。私はそう指摘した。

けれど、実はデイヴィッドもまた、プレゼントの山にミニチュアカーを紛れ込ませることは不可能だったのだ。

手がかりは、デイヴィッドのある発言と持ち物にあった。

私のプレゼントであるiPhoneが開封されたとき、デイヴィッドはこう言っている。

――よかったな、親父。これで雑貨店での買い物もキャッシュレス決済ができるぜ。俺も普段財布は全然持ち歩かなくなったもんな。

　けれどその一方で、私からレシートはあるのかと追及されたとき、デイヴィッドはポケットからあっさり財布を取り出していた。一見何でもないことのようだけれど、この齟齬《そご》はある重要な事実を示唆《しさ》している。

　普段財布を全然持ち歩かないと豪語したデイヴィッドが、なぜあのときに限って財布を持っていたのか？　財布が必要だったからだろう。では、なぜ財布が必要だったのか？

　身分証明書だ。

　カナダではアメリカ同様、酒を購入する際、身分証明書の提示が義務付けられている。まあ店員が顔見知りだと求められないこともままあるけれど、常にそんな店員がいるかどうかわからない以上、やはり携帯は必須だ。

　つまりデイヴィッドは身分証明書——たぶん運転免許証だろう——が入った財布を持って、あの時間、本当にラムを買いに雑貨店へ向かったのだ。デイヴィッドが財布を持っていた理由を、私はそれ以外に思いつけない。以上から、デイヴィッドも除外できる。

　可能性があったはずの四人が、四人とも《贈り主》ではない。この結論にたどり着いたときは、正直私も混乱せずにはいられなかった。けれど結論があり得ないものであるとき、問い直すべきは前提のほうだ。

　そう考えたとき、私に天啓が訪れた。

「もっとも重要な手がかりは、デイヴィッドが持ってきたというプレゼント——犬の案内状が入った箱だったんです」

あの箱は外側の底が汚れていた。デイヴィッドは自室の床に置いていたせいだと言ったけれど……そんなはずがない。少なくとも私の知るデイヴィッドは、土足で歩き回る部屋の床に他人へのプレゼントを直接置いたりはしない。もしそうしたのであれば、マーティンも言っていたように、箱だけ別のものに取り替えたはずだ。

すると、考えられる可能性は一つしかない。

逆だったのだ。

そもそもデイヴィッドが用意したプレゼントこそがミニチュアカーであり、犬の案内状のほうは別の誰かが用意したものだったのだ。

「けれど、箱の汚れについては、他の人でも同じことが言えます。グロウ家の家族や親族なら間違いなく、プレゼントを床に置いたりしないでしょうし、したのなら、やはり別の箱に取り替えたでしょう」

すると、導かれる結論はどうしても奇妙なものになる。

すなわち、あれはグロウ家の家族や親族からのプレゼントではなかった、というものだ。

ここまで考えを進めたとき私が思い出したのは、これまでグロウ家で犬が飼えなかった理由だった。マーサが犬を嫌いだったというけれど、本当にそうなのだろうか？

「本当は、犬が嫌いだったのはマーサおばさまじゃなく、おじさまだったんじゃありませんか？」

私がそう訊くと、エリックは、ほう、と眉を上げた。

「よくわかったな」

「これについてはほとんど勘です。プレゼントを開けたとき、あまり嬉しそうじゃなかった気がして」

それ以外に根拠らしきものがあるとすれば、それはデイヴィッドが〝時間稼ぎ〟を私に指示したときの発言だ。ウォーキングのコースについて、デイヴィッドはこんなふうに言っていた。

――この時間だとたぶん右回りのコースで、家の右手から帰ってくるはずなんで。

昨日は右だったから今日は左、といった具合に、日によって、あるいは気分によってコースを変えるというのならわかる。けれど時刻によってコースを変えるというのは、なんだか不自然だ。そこには気分や感覚といった内的なものではない、何か外的な理由があると考えたほうがしっくりくる。

ここで考えるべきは、グロウ家の左手から犬が来て隣家に入っていったことだ。犬の場合、散歩の時間帯とコースはある程度決まっているのが普通である。もしそれが関係しているのだとしたら……。

エリックは静かにグラスを揺らしながら苦笑した。

「若い時分はまだまだ見栄っ張りでな。たとえ家族が相手でも、犬が怖いとはどうにも言えなかった。だから子供たちに犬を飼おうと言われたとき、マーサが、自分は犬が嫌いだから、とかばってくれたのさ。それ以降も、そのまま打ち明けられずにずるずるとな。情けない話だ」

私は小さく首を横に振り、

「誰にだって隠し事ぐらいあります。今日の皆だってそうだったでしょう」

他人に弱みを見せたくない気持ちは、私も大概《たいがい》見栄っ張りなので理解できる。きっとマーサも、夫のそんな意地を汲《く》んだのだろう。

ただ、パーティーが始まる前にエリックは言っていた。かつて子供や孫にも秘密にしている弱みを、相手と関係を深めるためにさらしたことがある、と。

今回の企みは、おそらくその弱みをさらした相手による嫌がらせだ。

その人物はまるでデリバリーの悪戯《いたずら》のように、勝手にブリーダーに予約を取って、その案内状を適当な箱に詰めたのだろう。郵送すれば差出人の名義から足がつくし、当たり前だけれど料金だってかかる。だから、宅配に見せかけて直接グロウ邸の玄関前に置いていったのだ。箱の底が汚れていたのはそのためだろう。セキュリティの厳しくないこの家は、玄関前までなら入ろうと思えば誰でも入ってこられる。

宅配便の置き配禁止が機能しなかったのがその証拠だ。デイヴィッドが指示したにもかかわらず玄関前に置き配がされていたのは、そこに荷物らしき箱が置かれているのを見て、配達員が「なんだ、やっぱり置き配でいいのか」と独り合点したからだろう。

その箱は私の目の前で、本当の宅配の荷物と一緒にデイヴィッドが家の中に運び、ソファの上に置いた——というか、放り投げた。直後、嫌がらせの犯人ですら予想し得なかったアクシデントが起こったのだ。ラッピングをしていた双子が移動を命じられ、プレゼントやラッピンググッズをハウスキーパーのベスがサロンに運んだ。そのときそばにあった問題の箱——送り主や宛名のないそれを見て、ベスはこれも誰かのプレゼントだろうと勘違いした。だから他のプレゼントと同じくサロンへ運び、テーブルの上に置いた。そして、双子によってラッピングされ——。

こうして何者かによる嫌がらせは、プレゼントの山に紛れ込んでしまったのだ。

「デイヴィッドは、おじさまが犬を嫌いだと知っていたんですね」

「そうだな。一度も話したことはなかったが」

犬の案内状が箱から出てきたとき、デイヴィッドはそれを、エリックが犬嫌いであることを知らない誰かからの善意のプレゼントだと考えたはずだ。けれど、促されてもなぜか誰も名乗り出る様子がない。そのことから、すぐにそれの不穏さに勘づいたのだろう。せっかくのパーティーを台なしにされるわけにはいかない。そこで、それは自分のプレゼントだと宣言して、場を取り繕《つくろ》ったのだ。

けれど、すぐに別の問題が浮上した。今度は、自分の本来のプレゼントであるミニチュアカーが宙に浮いてしまったのだ。

それも自分が用意したプレゼントだと言えば、自ら提案したルールを破ることになる。それでは場は収まらないだろうし、あるいは、それがきっかけで、せっかく隠した真実が露見するかもしれない。

――ここはやっぱサンディの出番じゃね？

――サンディなら中立の立場だし、弁護士だから考えるのも話すのもうまいし、打ってつけじゃん？

だからデイヴィッドはわざわざ私に謎を解かせ、「これもまたサプライズの一環だった」という決着をつけさせたのだ。あいつが最終的にどんな落としどころを狙っていたのかはわからないけれど、私なら真実にたどり着き、その上で丸く収められると信じた、というところだろうか。……いや、そんないいものではないかもしれないけれど。

では一体、嫌がらせの犯人は誰なのか。それを特定するのは今のところ難しいが、やはり思い出されるのは、道でエリックと私に絡んできた男性だ。

――ああ、エリック。そっちも良い誕生日を！

エリックに対し、一方的に含むところがあると感じさせた彼は、あんなところで一体何をしていたのだろう。ひょっとして、エリックの表情を確かめに来たのではないだろうか。エリックはすでに犬の案内状の箱を開けたのか、開けたのなら一体どんな反応をしたのか、その顔を。

「私のせいで、危うく家族たちの顔を曇らせるところだった」

エリックはそう呟くと、グラスを傾けて中身を干した。

「マーサがいなくなって、私一人じゃこの体たらくだ。まったく、情けないことだな」

「……おじさま」

ふと、子供の頃に招待されたホームパーティーの記憶が脳裏に鮮やかによみがえった。マーサの濃いレモネードの味。あの目が覚めるような爽やかさと甘さ。それが今、涙が出そうなぐらいに懐かしい。

私はグロウ家の家族でも親族でもない。だから、本来口を出すべきことではないのかもしれない。それでも、今日もっとも祝われるべき人にこんな顔をさせていていいはずがない。そう考えたら、するりと口から言葉が出ていた。

「おじさま、今日のパーティーはいかがでしたか？」

私の問いかけに、今日一日の出来事をゆっくりと思い返すような間のあと、エリックは深く頷きながら言った。

「もちろん、すばらしかったとも」

「私もそう思います。本当に素敵なパーティーでした。けれど、それはおじさまがいてくれたからこそです。皆、おじさまをお祝いしたくてここに集まった。だから、どうか自信を持ってください。それに——」

私は少し考えてから、こう続けた。

「すみません。やっぱり私も一杯いただけますか」

「ん、ああ。もちろん構わんが。……いいのか？　無理には勧めんぞ」

関係を深めたい相手に、あえて自分の弱みをさらして共感を得る。それをエリックは失敗談として語った。けれど、きっと時と場合によってはそれも有効であるはずだ。私はあえて大袈裟に声をひそめ、ささやくように言った。

「実は昔、お酒で派手に失敗したことがあって、それ以来、大勢の前では飲まないことにしているんです。私も情けないところを他人には見せたくなくて。……でも、信頼できる人たちの前でなら、それも悪くありませんよね」

顔を上げたエリックは目をしばたたかせた。やがて、ふっと微笑みながら言う。

「……そうだな。その通りだ。私も、新しいパートナーを迎え入れることを本気で考えてみるとするか。一人じゃいろいろおぼつかんだろうが、きっと孫たちが助けてくれるはずだ」

私も微笑む。それはとても素敵な考えだ。

スコッチを二つのグラスに注ぐと、エリックはその一つを私に差し出した。

「それにしても、やはり私の考えは間違っていなかったようだな」

「何のことでしょう？」

「君のようなすばらしい人間が、今も変わらず友人でいてくれる。あれは、なかなか捨てたもんじゃないということだ」

今度はこちらが瞬《まばた》きする番だった。エリックは、はっは、と笑う。

エリックと私は、手にしたグラスを軽く打ち合わせた。

「放蕩息子と、得がたいその友人に」

「改めて、お誕生日おめでとうございます――エリック」

噂をすれば何とやらで、そこへどたばたと騒々しくデイヴィッドが帰ってきた。大量のライムでぱんぱんになった紙袋を抱えたまま、リビングから庭にいる私たちを見つけると、

「へいへいへい、今日の主役がこんなシケた場所で何やってんだっつの⁉　戻れ戻れ！」

外に顔を出し、にやりと笑いながら言った。

「パーティーはまだまだこれからなんだぜ！」

あとがき

血みどろの殺人劇はミステリの華！　けれど、ときには落ち着いた気分でゆるりとページをめくり、平和な謎と趣《おもむき》を安心して楽しみたい……。

いわゆる〈日常の謎〉と呼ばれる人の死なないミステリには、そんな読者を、「そうそう！こういうのが読みたかったんだよ、こういうのが！」と満足させてくれる、何物にも代えがたい魅力があります。だからこそいち作家としても、いつか必ず書いてみたいという強い憧《あこが》れがありました。

ゆえに今回、本作品集を上梓することができたのは、まさに長年の思いが実を結んだ形になります。なかなか目の前の仕事に手一杯で取りかかる余裕もないし……などと気持ちばかり燻《くす》ぶらせていたところに降って湧いた機会でしたが、おかげさまで憧れの結晶を五つも詰め込んだ贅沢《ぜいたく》なものが出来上がりました。

以下、ネタバレにならないよう気をつけつつ、本作品集に収録した人が死なないミステリ全五編の内容や執筆の経緯に触れていきます。なお表題作以外はすべて書き下ろしです。本編を読まれた方も、まだの方も、ぜひともお付き合いください。

「さくらが丘小学校　四年三組の来週の目標」

小学校の新米教師が、担任するクラスで発生したあるトラブルと謎の解決に奔走《ほんそう》するミステリです。実は長らく眠らせていた作品で、僕が作家になってから書いた初のオーソドックスな〈日常の謎〉は、本作ではないかと思います。

当初は小学生たちを主人公にして、彼ら彼女らの内輪で発生した謎を解決させるのがよいのでは、とも思ったのですが、やはり教師を主人公に据え、頭がよく口も達者な小学生たちに彼が振り回され、苦悩する姿を描いたほうが愉快でおもしろいものになるはず、と考え、そのようにしました。

そんな本作の設定は、小学生たちのとびきり謎めいた行動と思惑に大人たちのほうが右往左往させられるという構図を持つ、宮部みゆき先生の「サボテンの花」（『我らが隣人の犯罪』所収）から着想を得たものです。

執筆時には小学校の教師について調べ、改めてその激務を知り、目が回りそうになりました。毎日朝から夕方まで子供たち相手にたっぷり授業をこなし、放課後もテストの作成や添削、職員会議を行い、授業や行事の準備、さらに本作では詳しく触れませんでしたが、保護者との関係にも気を配らなければならないとは……。本作は、そんな全国の先生方にリスペクトを捧げる作品でもあります。

なお冒頭の登場人物の魂《たましい》の叫び（?）は、元外務大臣である田中眞紀子氏のかつての発言をもじったものですが、もちろん読者さんは（特に若い方は）わからなくても何ら問題ございません。


「ライオンの嘘」


高校生を主人公にした〈日常の謎〉――それを読むことでしか摂《と》れない栄養がこの世にはある。いち読者として、堅くそう思うわけです。

僕はこれまでに高校生が主人公のミステリを書いたことはあるものの、それらはいずれも学校を舞台にしたものではありませんでした。そこで、本作品集にはどうしても高校生たちの校内での悲喜こもごもを描いた、いわゆる学園ミステリを一本加えたい。そう思って書いたものです。

文化祭を翌日に控えた放課後、生徒会副会長が直面したのはなんと密室の謎だった、というミステリになります。

意識したのは米澤穂信先生の〈古典部〉シリーズですが、高校を舞台にした密室ミステリといえば、法月綸太郎先生の『密閉教室』が挙げられます。こちらの舞台は法月先生の母校がモデルとなっていますが、先生は僕の高校の大先輩に当たり、高校時代、僕は『密閉教室』で事件現場となる教室にて授業を受けていました。本作では、僕もその同じ母校をモデルにしています。

ともあれ、ようやく高校生たちの〈日常の謎〉を書くことができ、感無量です。本作をシリーズ化する予定は今のところありませんが、その気持ちはあるので、いつか実現できればと考えています。


「神様の次くらいに」

本作品集の中で、唯一過去に発表したことのある作品です。初出は、インディーゲームクリエイターである鬼虫兵庫《おにむしひょうご》氏が立ち上げた同人誌『JUKE BOOKS』の第二号でした（二〇一四年十一月刊）。余談ながら、氏とは小学生の頃からの友人でもあります。

大学生の男女が家電量販店の目玉商品を購入するべく開店前行列に並び、そこである謎を見つける、というミステリです。

かつて僕自身が実際に家電量販店の行列に並んだ経験があれやこれやと込められています。まあ、本作の主人公たちが二人でわいわい楽しそうにしている一方、僕は一人で黙々と列に並んでいたわけですが……。

発表媒体が商業とは無関係の同人誌なればこそ、「何か前例のないシチュエーションを舞台にできないか？」というチャレンジスピリットを掻き立てられたところに、前述の経験が生かせるのではと閃《ひらめ》いて書いたもので、今回の収録に当たって、文章はもちろんストーリーにも手を加え、完全改訂版と言えるものに書き直しました。

久しぶりに原稿に目を通し、改稿を進めているときには、我ながらよくもこんな訳のわからないシチュエーションで書けたな、と過去の自分を見直すやら呆れるやらでしたが、本作を担当編集氏が読んで気に入ってくれたことがきっかけで本作品集の企画が立ち上がった、といういきさつもあり、とても著者孝行な作品でもあります。

今回、表題作という大役を担うとともに、ますます多くの読者さんのお目にかけることができて、とても嬉《うれ》しく思います。


「小さいものから消えよ」

探偵と推理作家のコンビが謎を解く、という王道のミステリになります。

探偵の凜堂星史郎《りんどうせいしろう》と推理作家の月瀬純《つきせじゅん》は、拙作『推理作家（僕）が探偵と暮らすわけ』（メディアワークス文庫）に登場させたコンビで、本書の担当編集氏からの、「あの二人、また出しませんか」というリクエストを受けて、再登番となりました。

実のところ『推理作家』は中編三本を収録して刊行する予定だったのですが、ページ数の都合で入り切らなくなってしまい、「もう中編二本で刊行しましょう」というメディアワークス文庫の担当編集氏の提案を受けてそのようになりました。というわけで現状、三本目の中編が宙に浮いているわけですが、本作はそんな幻の一編とは無関係な、新たな短編となります。

知人の子のシッターを引き受けた凜堂と月瀬が、「近所の公園から毎日、一つずつ何かが消えている。一体誰が、なぜそんなことをしているのか？」という謎に遭遇します。

主人公コンビのキャラクターは、もちろんコナン・ドイルの〈シャーロック・ホームズ〉シリーズ、さらに言えばBBC製作のテレビドラマ『シャーロック』を踏襲したものですが、「一つずつ何かが消えていく」という謎のほうは、北村薫先生の「六月の花嫁」(『夜の蟬』所収)を意識しました。

凜堂と月瀬の二人をまた書くことができて、とても楽しかったです。

「デイヴィッド・グロウ、サプライズパーティーを開く」

こちらも担当編集氏からのリクエストです。拙作『星読島に星は流れた』(創元推理文庫)より、専業ニートのデイヴこと、デイヴィッド・グロウがカムバックとなりました。

『星読島』は「ボストン沖に数年に一度のペースで隕石が落ちてくるという孤島があり、そこでの集《つど》いに参加した人々が殺人事件に遭遇する」というミステリで、長編での彼はあくまでも脇役でした。が、一部では主人公やヒロインを凌《しの》ぐ人気を誇り、本作を書いた理由にもなっています。

デイヴの父の誕生日パーティーに親族が集う中、彼らが持ち寄ったプレゼントがいつの間にか一つ増えていた、という謎を解くミステリです。長編ではあまり描くことのできなかった、デイヴの独特な考え方や生き方のバックボーンを描く話にもなりました。なお本作品集は『人の死なない謎解きミステリ集』と銘打っていますが、この作品内では「デイヴの母が昨年亡くなった」という事実に触れていますこと、何卒ご了承ください。

そんなデイヴのモチーフは、ドロシー・L・セイヤーズの貴族探偵ピーター・ウィムジイ卿、映画〈星の王子ニューヨークへ行く〉にてエディ・マーフィが演じた王子アキーム辺りだと思うのですが、なぜか書いているうちに著者の思惑を大きく裏切り、まったく仕事に精を出さない実業家のイーロン・マスク氏、とでもいうようなキャラクターに……。

ちなみに作中、彼が愛機として乗り回しているセグウェイは、残念ながら二〇二〇年で製造終了になっています。ただ本作は、デイヴが《星読島》ことセントグレース島での集いに参加する二ヶ月前——すなわち二〇一〇年代の出来事なので、セグウェイもばりばり健在であるということを付記しておきます。とはいえ、このユニークなモビリティは今も観光地などでツアーの足として使われており、おそらくはグロウ家のガレージにも在庫がずらっと並んでいるんじゃないでしょうか。

余談ながら、やはりデイヴが主役を張る未発表の短編ミステリがすでに一作あるので、そのうちこちらも〈デイヴィッド・グロウ〉シリーズとしてまとめられたら、と考えています。

とにかく手に取りやすくて楽しく読めるものにしよう。本作品集の執筆にはそんな気持ちで臨みました。とはいえ、人が死んでも死ななくてもミステリを書くのはやっぱり大変で苦労の し通しでしたが、その甲斐《かい》あって、著者の想定を大きく超えてバラエティに富んだ、楽しい作品集にすることができました。それは担当編集氏をはじめ、本作に携《たずさ》わってくださった方々のおかげでもあります。篤《あつ》くお礼を申し上げます。

そしてもちろん誰よりも、お手に取ってくださった読者の皆様に、心からの感謝を捧げます。
——機会があればまたいずれ、新たな作品でお目にかかれますように。

久住四季

二〇二四年九月

著者紹介　1982年島根県生まれ。2005年、前年の第11回電撃小説大賞に投じた長編『トリックスターズ』が電撃文庫から刊行されデビューする。ほかの著書に『星読島に星は流れた』『鶯見ヶ原うぐいすの論証』『推理作家（僕）が探偵と暮らすわけ』〈異常心理犯罪捜査官・氷膳莉花〉シリーズなどがある。

神様の次くらいに
人の死なない謎解きミステリ集

2024年11月22日　初版

著者　久《く》住《ずみ》四《し》季《き》

発行所　（株）東京創元社
代表者　渋谷健太郎

162-0814 東京都新宿区新小川町1-5
電　話　03・3268・8231-営業部
　　　　03・3268・8201-代　表
URL　https://www.tsogen.co.jp
組　版　キャップス
暁印刷・本間製本

乱丁・落丁本は、ご面倒ですが小社までご送付ください。送料小社負担にてお取替えいたします。

ISBN978-4-488-46212-3　C0193

名匠が幻想味あふれる物語に仕掛けた本格ミステリの罠

REINCARNATION◆Tsumao Awasaka

妖女のねむり

泡坂妻夫

創元推理文庫

◆

廃品回収のアルバイト中に見つけた樋口一葉の手になる一枚の反故紙。小説らしき断簡の前後を求めて上諏訪へ向かった真一は、妖しの美女麻芸《まき》に出会う。

目が合った瞬間、どこかでお会いしましたねと口にした真一が奇妙な既視感に戸惑っていると、麻芸は世にも不思議なことを言う。

わたしたちは結ばれることなく死んでいった恋人たちの生まれかわりよ。今度こそ幸せになりましょう。西原牧湖だった過去のわたしは、平吹貢一郎だったあなたを殺してしまったの……。

前世をたどる真一と麻芸が解き明かしていく秘められた事実とは。